En 2018, Harlequin fête ses 40 ans !

Chère lectrice,

Comme vous le savez peut-être, 2018 est une année très importante pour les éditions Harlequin qui célèbrent leur quarantième anniversaire. Quarante années placées sous le signe de l'amour, de l'évasion et du rêve... Mais surtout quarante années extraordinaires passées à vos côtés ! Azur, Blanche, Passions, Black Rose, Les Historiques, Victoria mais aussi HQN, &H et bien d'autres encore : autant de collections que vous avez vues naître, grandir et évoluer, avec un seul objectif pour toutes – vous offrir chaque mois le meilleur de la romance. Alors merci à vous, chère lectrice, pour votre fidélité. Merci de vivre cette formidable aventure avec nous. Les plus belles histoires d'amour sont éternelles, et la nôtre ne fait que commencer...

L'odyssée d'une princesse

ANNIE WEST

L'odyssée
d'une princesse

Traduction française de
LOUISE LAMBERSON

Azur

HHARLEQUIN

Collection : Azur

Titre original :
THE GREEK'S FORBIDDEN PRINCESS

© 2017, Annie West.
© 2018, HarperCollins France pour la traduction française.

HARPERCOLLINS FRANCE
83-85, boulevard Vincent-Auriol, 75646 PARIS CEDEX 13
Service Lectrices — Tél. : 01 45 82 47 47

www.harlequin.fr

ISBN 978-2-2803-8025-6 — ISSN 0993-4448

1.

— *Kyrie Evangelos, parakaló*, répéta Amélie en claquant des dents.

M. Evangelos, s'il vous plaît.

Un nouveau flot de grec jaillit de l'interphone, à un débit si rapide qu'elle n'en saisit pas un traître mot. De son côté, elle avait épuisé le peu de vocabulaire qu'elle connaissait dans cette langue. Mais de toute façon, son interlocutrice ne semblait pas disposée à faire le moindre effort — et ne comprenait que le grec, manifestement. Amélie avait en effet tour à tour essayé le français, l'anglais, l'allemand, avant de recourir à l'espagnol et même au russe, sans aucun succès.

Mais pourquoi la gouvernante — si c'était bien d'elle qu'il s'agissait — aurait-elle dû parler une autre langue que la sienne ? La propriété était située en altitude, dans le nord de la Grèce. Or, les touristes fréquentaient plutôt les plages ou les ruines antiques. Seuls les plus intrépides se hasardaient sans doute dans cette belle région isolée.

Personnellement, Amélie n'avait jamais eu le loisir de se lancer dans aucune aventure de ce genre, jusqu'à ce qu'un coup du sort vienne chambouler son existence bien réglée et la pousse à s'engager dans une entreprise aussi téméraire que désespérée.

— S'il vous plaît. *Parakale*, recommença-t-elle en courbant les épaules pour se protéger du vent glacial.

Inutile de continuer, la gouvernante avait raccroché.

Amélie battit des cils, indignée et stupéfaite à la fois.

C'était une première. Jamais encore elle n'avait été ignorée ainsi. Non, pas ignorée... rejetée.

En réalité, ce n'était pas la première fois : elle avait déjà été rejetée par l'homme qu'elle venait voir, justement. À ce moment-là, il ne s'agissait que de son bonheur à elle, aussi avait-elle accusé le coup avec le calme et l'élégance qu'elle avait faits siens dès son plus jeune âge. Mais à présent, c'était du bonheur de Seb qu'il était question, et de son avenir. Par conséquent, Amélie refusait d'être ignorée.

Elle redressa les épaules, « avec obstination » aurait dit son père. Mais celui-ci n'était jamais content, de toute manière, quoi qu'elle fasse. En outre, il était désormais mort et enterré, comme Michel, son frère, et sa belle-sœur, Irini.

Une douleur atroce lui étreignit la gorge et le cœur, mais Amélie refusa de s'y abandonner, résolue à ne pas se laisser décourager. Elle cligna farouchement des yeux, s'interdisant de pleurer. Depuis l'accident, elle ne s'était pas autorisée à verser une seule larme, consciente que tout le monde comptait sur elle, sur sa force. Si elle n'avait pas été le pilier de la famille depuis des années, elle aurait pu être écrasée par le fardeau qui lui incombait soudain, car, en plus du chagrin immense dû à la perte de Michel, la mort de celui-ci avait entraîné de redoutables complications.

Elle inspira profondément, déterminée à se concentrer sur les aspects positifs de la situation. Il lui restait Seb.

Tournant les yeux vers la voiture de location garée devant les impressionnantes barrières, elle ne distingua aucun mouvement à l'intérieur. Seb ne s'était pas réveillé, épuisé par le long voyage. Elle aussi était exténuée, tant à cause du stress que du manque de sommeil, mais consciente de la présence de la caméra de sécurité, elle s'interdit de montrer le moindre signe de faiblesse et redressa au contraire le menton.

Si Lambis Evangelos et ses sbires croyaient qu'elle allait renoncer et repartir sans même l'avoir vu...

Lentement, la tête haute et les bras le long du corps, elle regagna la voiture tandis que les premiers flocons lui effleuraient le visage.

De la neige ! Il ne manquait plus que cela, après cette interminable expédition ! D'abord le voyage secret de St. Galla à Athènes à bord du bateau d'un ami afin d'éviter les paparazzis ; ensuite la traversée harassante de la capitale grecque grouillante de monde et d'activité, avant de se voir refuser l'accès aux bureaux d'Evangelos Enterprises ; et enfin le long trajet épuisant vers le nord.

Mais maintenant qu'elle était parvenue jusque-là, elle ne rebrousserait pas chemin tant qu'elle n'aurait pas au moins *essayé* de convaincre Lambis Evangelos. Les enjeux étaient bien trop importants.

Ouvrant la portière arrière de la voiture, Amélie se glissa à côté de Seb, profondément endormi. Il avait l'air si vulnérable, recroquevillé ainsi sur le siège et serrant son ours en peluche sous le menton, qu'elle en eut le cœur chaviré. Mais aussitôt, l'amour déferla en elle, puissant, invincible.

Après avoir ôté son long manteau en cachemire et s'être rapprochée de Seb, elle l'étendit sur eux deux. Son neveu remua et fronça les sourcils dans son sommeil, entrouvrit les lèvres comme pour protester, puis s'immobilisa en laissant échapper un petit murmure. Amélie lui passa alors un bras autour des épaules, tout doucement, et le serra contre elle.

Ils se trouvaient dans une impasse, aussi fallait-il changer de stratégie pour trouver d'autres solutions. Mais tout d'abord, elle s'accorderait dix minutes de repos.

Dix, pas plus…

Réveillée en sursaut par des coups frappés à la vitre, Amélie ouvrit les yeux et constata que la nuit tombait. Il faisait si froid qu'elle se demanda comment elle avait pu réussir à s'endormir.

De nouveaux coups résonnèrent, plus forts. Tournant la tête, elle vit une ombre se redresser, gigantesque et menaçante. Son cœur s'emballa, et elle se força à contrôler sa respiration pour réprimer la peur instinctive qui s'emparait d'elle.

Puis elle se réveilla complètement et se souvint de tout. S'écartant avec précaution de Seb qui dormait toujours, elle posa la main sur la poignée, et l'imposante silhouette recula aussitôt de quelques pas.

Dès qu'elle ouvrit la portière, une bouffée d'air glacé s'engouffra dans l'habitacle, lui coupant le souffle. Amélie descendit de voiture avant de refermer rapidement derrière elle pour protéger Seb. De gros flocons lui chatouillèrent le visage, la faisant frissonner.

Cependant, ce n'était ni le froid ni la neige qui l'empêchaient de respirer normalement. C'était l'homme à la haute stature qui se tenait immobile et silencieux à un mètre à peine d'elle.

Elle contempla ses sourcils noirs, son nez droit et fort, ses pommettes acérées et la ligne pure de sa mâchoire. Mais sa bouche sensuelle au dessin parfait ne souriait pas. Lambis la dévisageait d'un air sévère, le regard aussi hostile que le paysage environnant.

Aucun mot de bienvenue. Aucune proposition d'aide.

Refusant de se laisser impressionner par cet accueil glacial — et ignorant les réactions de son corps face à cette aura de masculinité puissante —, elle redressa le menton. Pas question de se refermer les bras autour du buste dans l'espoir de se réchauffer un peu ni de céder au désir furieux de remonter en voiture et de faire demi-tour pour aller dénicher un bon hôtel où elle pourrait enfin se reposer.

Il ne s'agit pas de ton confort, Amélie.

Ce rappel lui redonna des forces. Le bien-être des autres était toujours passé avant le sien, ses tentatives de quête de bonheur personnel s'étant toutes soldées par un échec.

— *Kalimera*, dit-elle.

Bonjour.

Aucune réaction. Pas même un imperceptible tressaillement sur ses traits virils. Cependant, Amélie sentait la colère bouillonner en lui.

Seuls ses cheveux bougeaient, soulevés par le vent, aussi noirs que ses sourcils.

Comment un homme à l'air aussi dur et impitoyable pouvait-il lui faire battre ainsi le cœur d'excitation ? Lui faire trembler les genoux, rien qu'à le regarder ?

— Vous bloquez le passage.

Réprimant la réplique cinglante qui lui venait aux lèvres, elle sourit, de ce sourire qu'elle avait l'impression d'avoir perfectionné en même temps qu'elle apprenait à marcher.

— En effet.

Ça avait été la seule façon d'attirer l'attention.

— Si vous ouvrez les barrières, je dégagerai aussitôt le passage.

Il ne se donna même pas la peine de secouer la tête.

Une lassitude sans fond gagna alors Amélie, doublée d'une fureur insensée. Elle n'avait pas fait tout ce chemin, évitant la presse tout du long, pour se retrouver face à cette indifférence glaçante et méprisante !

Quand elle s'avança d'un pas, pour bien montrer qu'elle avait parfaitement le droit d'être là, une lueur fugitive traversa les yeux gris de Lambis, mais il resta silencieux.

Très bien.

Lambis Evangelos portait un épais manteau, mais elle n'était pas habillée pour une tempête de neige. À St. Galla, c'était encore l'été. Les températures ne commenceraient à fraîchir que dans deux mois, et il y neigeait rarement.

Elle se retourna vers la portière arrière de la voiture.

— Que faites-vous ?

Son timbre grave résonna dans le silence. Amélie le sentit couler dans son buste, se répandre dans son bas-ventre, la faisant fondre à l'intérieur. Mais au lieu de s'y abandonner, elle le refoula de toutes ses forces. Elle ne se

11

laisserait pas attendrir par cet homme à la voix profonde et envoûtante, en contradiction totale avec son regard glacial.

— Puisque je n'ai pas droit au minimum d'accueil ou de politesse, je préfère remonter en voiture. Là, au moins, il y a un peu de chaleur.

— Arrêtez.

Il tendit le bras vers elle, sa large main se retrouvant à quelques centimètres de la sienne, puis le laissa retomber, comme s'il répugnait au moindre contact physique.

Ce geste la blessa encore plus que le reste. Amélie ne désirait pas qu'il la touche, mais sa répulsion manifeste l'acheva. Elle eut beau songer qu'elle réagissait de façon excessive à cause de la fatigue, du stress, cela n'y changea rien.

— Pourquoi ? Vous avez quelque chose à me dire ? demanda-t-elle, le menton haut.

Sa bouche au pli sévère remonta imperceptiblement au coin. Il ne s'agissait pas d'un sourire, pas même de l'ombre d'un sourire, mais c'était mieux que rien.

— Vous ne devriez pas être ici.

— Cet endroit appartient à tout le monde. J'ai parfaitement le droit de me garer devant les barrières de votre propriété en attendant que l'on me laisse entrer.

Il serra les poings. Luttait-il contre l'envie de la prendre par les épaules et de la secouer ? De la forcer à partir ?

— Vous n'avez rien à faire chez moi, dit-il en détachant les syllabes.

Et dans son anglais impeccable nuancé d'un très léger accent grec.

— Je ne suis pas venue pour moi, répliqua Amélie avec calme.

L'un de ses deux sourcils noirs se haussa d'un air interrogateur.

— J'ai amené mon neveu avec moi.

Silence. Lambis Evangelos semblait s'être transformé en statue. S'était-il entraîné à devenir totalement impénétrable ou était-il juste indifférent et insensible ?

Pourtant, sous ses dehors intraitables, il devait bien ressentir un peu de tendresse pour le petit orphelin dont il était toujours le parrain.

Lentement, il se pencha pour regarder à l'intérieur de la voiture. Quand il se redressa, ses traits étaient tout aussi indéchiffrables. La présence de Seb ne faisait aucune différence pour lui.

Révoltée, Amélie se mordit la joue pour réprimer la protestation indignée qui lui montait aux lèvres.

Le plus raisonnable aurait été de reconnaître sa défaite, de s'installer au volant et de regagner le village le plus proche pour y passer la nuit, mais elle ne pouvait s'y résoudre.

Furieuse contre lui et contre elle-même, elle ouvrit la portière arrière et se penchait pour se rasseoir sur la banquette lorsqu'une poigne de fer lui enserra l'épaule. Les doigts s'enfoncèrent dans sa chair. La chaleur virile se propagea en elle, rendue sans doute plus intense encore à cause du contraste avec le froid.

Amélie se retourna à demi. Son regard croisa celui de Lambis Evangelos, gris acier.

— Ne me touchez pas.

— Sinon ?

Cette fois, ses deux sourcils noirs se haussèrent.

— Sinon je porterai plainte pour agression — et je ne plaisante pas, croyez-moi !

— Cela intéresserait beaucoup les médias.

Évidemment, il savait que jusqu'à présent elle avait réussi à les éviter, mais qu'au moindre faux pas...

Après avoir refermé la portière avec soin, elle se retourna entièrement vers lui. Il était si proche, si grand et imposant, qu'en d'autres circonstances elle aurait pu se sentir intimidée par sa proximité.

— Quand on a tout essayé, on finit par s'en ficher, dit-elle en soutenant son regard.

Puis elle sourit, et franchement, cette fois, en voyant le doute affleurer sur les traits virils de Lambis. De toute évidence, il l'avait crue plus facile à décourager.

— Je pourrais appeler un journaliste, là, maintenant, et d'ici à la tombée de la nuit, il y en aurait toute une meute agglutinée devant ces barrières, poursuivit-elle.

Amélie posa les mains sur les hanches d'un air bravache, mais il ne mordit pas à l'appât.

Elle attendit trente secondes. Une minute.

Mais, si elle passait à l'acte et portait plainte, ou faisait venir la presse, ce serait elle la perdante, avec Seb.

C'était fini. Elle avait joué avec l'avenir de son neveu et perdu.

Un frisson de terreur la parcourut, si violent qu'elle dut faire un effort pour ne pas s'effondrer sur place. Tous ses espoirs s'écroulaient comme un château de cartes. Et Seb… Non, ce n'était pas le moment de penser à cela, pas sous le regard acéré de cet homme. Quand elle flancherait, ce serait sans témoins.

Se dégageant d'un mouvement brusque, elle se détourna et s'avança vers la portière côté conducteur.

— Où allez-vous ?

Amélie ne répondit pas. C'était probablement la première fois de sa vie qu'elle ignorait une question directe. L'effet aurait dû être libérateur, mais elle ne ressentit qu'une insondable tristesse.

Alors qu'elle ouvrait la portière d'une main ferme, un juron l'arrêta. Poussé d'une voix basse et lente, en grec.

— Dites-moi ce que vous voulez, princesse.

Le fait qu'il use de son titre lui porta un coup terrible. Il s'était adressé à elle comme s'ils étaient des étrangers l'un pour l'autre. Mais elle ne tressaillit même pas, pas plus qu'elle ne se retourna.

Elle ne souhaitait pas voir le visage dur de l'homme qui avait détruit ses rêves et duquel dépendait le sort de Seb.

— Vous.

Amélie avait la gorge si nouée que le mot n'avait été qu'un murmure.

Elle déglutit, s'éclaircit la voix.

— J'ai besoin de vous.

2.

« J'ai besoin de vous. »

Ces paroles n'auraient dû lui faire aucun effet. Elles ne lui en faisaient aucun, se força-t-il à songer. Elle l'avait pris de court, c'est tout. Comment avait-elle réussi à venir jusque-là sans son cortège habituel d'officiels et de paparazzis ?

Et puis, pourquoi diable avait-elle besoin de lui ?

Lambis n'avait rien à lui offrir, comme il le lui avait clairement fait comprendre trois ans plus tôt. En outre, Amélie était bien trop fière pour lui courir après.

Réprimant un juron, il refoula les souvenirs qui jaillissaient dans son esprit.

— Il faudrait que vous soyez plus précise. Pourquoi avez-vous besoin de moi ?

Lentement, la mince silhouette d'Amélie se retourna vers lui, ses cheveux blonds relevés en chignon et ces stupéfiants yeux verts dont il n'avait jamais oublié les reflets d'émeraude.

Elle tremblait de la tête aux pieds sous le vent glacial — son pantalon beige et son pull ivoire mettaient en valeur son corps superbe, mais ne la protégeaient pas du froid.

Quand il l'avait aperçue, Lambis avait aussitôt eu le réflexe d'ôter son manteau pour l'en envelopper, avant de s'interdire toute impulsion inconsidérée. Mieux valait anéantir d'emblée les espoirs d'Amélie et la convaincre de repartir illico.

— *Seb* a besoin de vous. Comme vous le sauriez si vous vous étiez donné la peine d'écouter mes messages.

Il ne les avait pas écoutés, en effet. Le retour de St. Galla, où il était allé assister aux funérailles, avait été plus dur qu'il ne l'avait imaginé. Il ne voulait pas repenser à la tragédie et à sa propre culpabilité. Ni à elle, Amélie.

— Seb ? Comment pourrait-il avoir besoin de moi ?

Amélie pinça les lèvres. Ses yeux avaient perdu tout éclat, voilés par la tristesse, mais son corps vibrait d'énergie contenue, presque agressive. Ce détail à lui seul intrigua Lambis. Il avait toujours connu Amélie gracieuse, maîtresse d'elle-même et polie, et n'avait jamais décelé la moindre agressivité chez elle.

— Vous n'avez tout de même pas oublié qu'il est votre filleul ?

Au même instant, il vit une ombre bouger à l'intérieur du véhicule, puis une paume minuscule à la peau claire se coller à la vitre à côté d'une petite tête aux cheveux ébouriffés blond doré, au visage pâle et vide d'expression.

Sébastien ne lui adressa aucun sourire, ne semblant pas le reconnaître. Son regard était comme éteint, constata Lambis, profondément ébranlé.

Il se rapprocha de la voiture et s'accroupit pour être à la hauteur du garçonnet, mais celui-ci le dévisagea sans ciller. Ses grands yeux verts ne pétillaient plus de malice et de joie comme autrefois.

Aucun enfant de quatre ans n'aurait dû avoir un tel regard, mais vu les circonstances c'était sans doute inévitable, hélas !

— Bonjour, Sébastien, dit-il en se forçant à sourire. Comment vas-tu ?

Aucune réaction. Ni la moindre trace d'émotion.

Un souvenir revint soudain à Lambis, celui d'un autre jour de neige, sur cette même montagne. Le jour où toute chaleur intérieure l'avait quitté, ne laissant en lui qu'un vide glacé.

16

Il tendit la main vers la poignée, impatient de voir un sourire éclairer le petit visage trop sombre de Sébastien.

— Non ! s'écria Amélie en se faufilant entre lui et la portière.

Le cœur lui martelant les côtes, il se retrouva à contempler une taille fine, puis leva les yeux vers les seins ronds dont les mamelons saillaient sous un pull peu épais…

Une chaleur infernale déferla en lui, et des parties oubliées de lui-même, qu'il avait crues mortes à jamais, se réveillèrent — cela faisait trop longtemps qu'une femme n'avait pas partagé son lit.

Lambis respira le parfum de gardénia indissociable d'Amélie et de l'île ensoleillée de St. Galla, et se souvint de l'attirance qui avait vibré entre eux, de la difficulté qu'il avait eue à la quitter.

— Je croyais que Sébastien avait besoin de moi ?

Ses yeux redescendirent d'eux-mêmes sur les hanches rondes d'Amélie, moulées dans un pantalon ajusté. Sa libido réagit au quart de tour, et son sexe se tendit malgré lui.

Se redressant d'un mouvement leste, il enfonça les mains dans ses poches en s'efforçant de réprimer ses pulsions.

Amélie semblait encore plus petite, plus fragile, en dépit de la façon dont elle soutenait son regard avec défi.

— Je me suis trompée. Je pensais que vous pourriez nous aider, mais Seb n'a vraiment pas besoin d'un homme qui a refusé de nous laisser entrer chez lui. Surtout par ce froid.

Au même instant, un gros flocon lui tomba sur la joue et fondit, sans qu'elle paraisse s'en rendre compte.

— Si vous voulez bien vous écarter de la voiture, nous allons nous en aller, reprit-elle en croisant les bras, faisant remonter ses seins, plus ronds encore, plus tentants.

Lambis se força à regarder son visage.

Elle ne plaisantait pas.

Cela aurait dû le soulager. Il n'avait ni le temps ni l'envie de s'occuper de leurs problèmes. Il dirigeait une entreprise multinationale, et de nombreuses personnes dépendaient de lui. Il ne voulait pas d'Amélie. Elle réveillait trop d'émotions enfouies, rompait le rythme tranquille de son existence.

Mais il ne bougea pas. De son côté, elle semblait avoir du mal à continuer de le défier du regard. Elle avait l'air exténuée, tout en s'efforçant de le dissimuler.

Quand il se retourna, la neige craqua sous les semelles de ses bottes. Les hautes barrières destinées à le protéger du monde extérieur pivotèrent sur elle-même d'un simple clic de clé électronique.

— Passez devant, dit-il. Je vous suis dans ma voiture.

Les mains agrippées au volant, Amélie roulait lentement au milieu des flocons qui tourbillonnaient derrière les vitres.

— Tu as vu, Seb ? Toute cette neige !

Levant les yeux vers le rétroviseur, elle constata qu'il regardait le paysage d'un air indifférent. N'était-il pas au moins un peu excité de voir la neige ? Et de revoir Lambis, qu'il suivait naguère partout comme son ombre ?

Elle se força à se concentrer sur la conduite, se méfiant de la route privée qui montait en lacets, à flanc de montagne.

À vrai dire, elle n'arrivait pas encore à croire que Lambis ait fini par les laisser entrer. Si elle avait été seule, il n'aurait jamais cédé, et elle serait déjà au village, avait-elle compris. Cet homme fier ne voulait pas d'elle ; il n'avait pas voulu d'elle autrefois, et c'était toujours le cas maintenant.

Un petit halètement lui échappa quand elle aperçut soudain la bâtisse de deux étages qui s'élevait à une cinquantaine de mètres devant elle. Au lieu de l'architecture aux lignes sobres à laquelle elle s'était attendue, Amélie découvrait une ravissante maison traditionnelle. Sans doute s'était-il agi au départ d'un chalet, agrandi par la suite, mais les extensions avaient été réalisées avec tant de goût que la demeure semblait avoir toujours été ainsi, entourée par la montagne sur trois côtés.

Les murs de pierre s'élevaient directement de la roche, le rez-de-chaussée étant surmonté de deux étages au fini blanc et pourvus de balcons saillants arrimés sur des étais de bois. Les balustrades, en bois elles aussi, étaient finement ouvragées, les fenêtres larges et hautes, le toit de tuiles en terre cuite complétant l'aspect accueillant de l'ensemble.

Médusée, Amélie s'arrêta et coupa le contact. Sa portière s'ouvrit aussitôt, et Lambis recula pour la laisser descendre de voiture, le visage toujours aussi sombre. Elle le revit autrefois, réservé mais détendu, surtout lorsqu'il était avec Irini, son amie d'enfance.

— Vous avez besoin d'aide ?

— Non, merci. Nous allons nous débrouiller, n'est-ce pas, Seb ?

Se retournant, elle croisa le regard de son neveu. Ses yeux verts, si semblables aux siens, ne trahissaient aucune émotion. Que ressentait-il ? Avait-il peur ?

— Amélie ? insista Lambis.

Sa voix grave passa sur elle comme une caresse, et une délicieuse chaleur frémit au fond de son intimité, mais elle la refoula aussitôt. Elle en avait terminé avec tout cela. Elle avait avancé et était déterminée à ne pas s'apitoyer sur son sort.

— Vous pourriez peut-être vous occuper de nos bagages ? demanda-t-elle avec un sourire poli.

L'espace d'une seconde, les yeux gris de Lambis restèrent soudés aux siens, puis il hocha brièvement la tête et se rapprocha du coffre.

Après avoir enveloppé Seb dans des vêtements chauds, Amélie le prit par la main et se dirigea rapidement vers la maison. Le fait de sentir la neige craquer sous ses pas ne provoqua pas la moindre réaction chez son neveu. Où était passé le petit garçon animé qu'elle aimait tant ? Un an plus tôt, il aurait poussé des cris de joie, émerveillé par tant de blancheur, alors que maintenant il se contentait de lui tenir la main en silence.

Une femme robuste aux cheveux gris apparut sur le seuil, le front légèrement plissé par un air interrogateur et circonspect. Ce devait être la personne qui lui avait répondu à l'interphone. Mais toute méfiance céda bientôt la place à un large sourire de bienvenue tandis qu'elle se penchait pour soulever Seb dans ses bras et invitait Amélie à entrer.

— Je vous présente Anna, ma gouvernante, déclara Lambis.

Puis passant au grec, il s'adressa à celle-ci, qui acquiesça d'un hochement de tête en continuant à sourire. Soudain, elle reposa Seb sur ses pieds et s'inclina avec respect devant Amélie.

— Non, je vous en prie, protesta-t-elle en tendant la main. Dites-lui que ce n'est pas nécessaire, s'il vous plaît.

Se retournant, elle se retrouva face à la haute stature athlétique de Lambis, respira ses effluves musqués et mâles. Ils s'insinuèrent en elle, tenaces, évocateurs…

— Pourquoi lui avoir révélé mon identité ? Ce n'était vraiment pas indispensable !

— Je respecte trop Anna pour lui mentir, répliqua-t-il en haussant les sourcils.

— Il ne s'agit pas de mentir, mais d'en révéler le minimum à notre sujet.

Le souvenir des meutes de journalistes campant devant les grilles du palais de St. Galla revint l'assaillir, et elle revit les téléobjectifs braqués sur les fenêtres. Certains photographes avaient même essayé de soudoyer des employés pour pouvoir approcher « la princesse endeuillée » et « le jeune roi au destin tragique », comme ils les appelaient, Seb et elle.

— Pouvez-vous me garantir que personne ne parlera à quiconque de notre présence ici ?

Lambis se raidit.

— Vous êtes venue chez moi sans y avoir été invitée. Par conséquent, à vous d'en assumer les conséquences.

— Répondez à ma question, s'il vous plaît, insista Amélie. Ce n'est pas pour moi que je m'inquiète, mais pour Seb.

— Je vous ai répondu, répliqua-t-il en croisant les bras sur son torse puissant.

Mais elle ne pouvait se permettre de prendre aucun risque pour son neveu. Seb avait besoin de calme, loin des paparazzis. Elle était venue là parce que Lambis dirigeait l'une des entreprises internationales de sécurité les plus performantes et les plus réputées et que par conséquent elle était certaine d'être à l'abri chez lui. Sa propriété devait forcément bénéficier d'un système de protection ultra-perfectionné. Mais s'il ne pouvait lui garantir la confidentialité totale...

Elle se pencha vers Seb en lui caressant les cheveux.

— Je suis désolée, mon chéri, j'ai commis une erreur en...

— Ne soyez pas ridicule ! Vous ne reprendrez pas la route ce soir.

Il s'était exprimé d'un ton sans appel, d'une voix impérieuse qui fit effraya le petit garçon et le poussa à refermer les bras autour des jambes d'Amélie en se blottissant contre elle.

Touchée par son geste — c'était la première fois qu'il manifestait une quelconque émotion depuis des semaines —, celle-ci resta immobile, le cœur battant d'espoir, puis, tout doucement, le serra contre elle.

— N'aie pas peur, mon chéri. Tout va s'arranger, je te le promets.

Lambis s'accroupit à côté de Seb, en veillant cependant à ne pas le brusquer, remarqua-t-elle.

— Excuse-moi, Sébastien. Je ne voulais pas t'effrayer. Et ne t'inquiète pas, surtout, je ne suis pas en colère contre toi et ta tante. Vous êtes les bienvenus chez moi tous les deux.

Menteur. Il était bel et bien furieux. Si la situation n'avait pas été aussi grave, Amélie aurait éclaté de rire.

— Seb ? fit-elle en s'agenouillant devant son neveu.

Elle le souleva dans ses bras et respira sa délicieuse senteur de petit garçon à laquelle se mêlait un effluve citronné de shampoing.

— N'aie pas peur, répéta-t-elle. Tout ira bien. Lambis ne nous fera pas de mal. En fait, il a même…

Redressant la tête, elle foudroya du regard leur hôte récalcitrant.

— Il a juré de te protéger, reprit-elle. Tu le savais ?

Seb resta muet, et Amélie le serra plus fort contre elle en lui caressant le dos.

— Je suis sûre qu'Anna va nous préparer quelque chose de bon à manger, tu vas voir. Et ensuite, je crois que l'heure sera venue pour M. Bernard…

— M. Bernard ? la coupa aussitôt Lambis d'un ton inquisiteur.

Elle ne se donna pas la peine de lui répondre. S'il ne pouvait pas deviner qu'il s'agissait de l'ours en peluche de Seb, tant pis pour lui.

— J'ai l'impression qu'il a sommeil, poursuivit-elle. Il faudrait le mettre rapidement au lit, tu ne crois pas ?

Prenant Seb dans ses bras, elle se redressa sans tenir compte de Lambis qui s'apprêtait manifestement à faire la même chose.

La pensait-il incapable de s'occuper de son neveu ? N'était-ce pas elle qui avait été là pour lui, jour et nuit, depuis la mort de ses parents ?

Lambis se posta devant la porte, lui barrant le passage. En dépit de son prétendu revirement, il ne voulait pas d'eux chez lui.

Une profonde lassitude s'empara d'Amélie. Les yeux lui faisaient mal, la tête lui tournait.

Au moment où elle faisait un effort suprême pour ne pas s'effondrer, elle sentit quelqu'un lui toucher le coude. C'était Anna, qui la dévisageait d'un air inquiet.

Lentement, la gouvernante leva la main et caressa les cheveux blonds de Seb tandis qu'il enfouissait le visage dans le cou d'Amélie.

— *Éla. Parakale, éla.*

Venez. Je vous en prie, venez.

Ça au moins, Amélie le comprenait. Elle hésita à peine une seconde. Au diable sa fierté, à présent.

— *Efcharisto.*

Merci.

Ils passeraient la nuit chez Lambis. Leur apporterait-il ensuite l'aide et le soutien qu'elle était venue chercher auprès de lui et dont Seb avait si cruellement besoin ? Elle n'en savait rien. Mais ils seraient en sécurité jusqu'au lendemain, c'était déjà ça.

3.

Amélie contempla le ciel nocturne, d'un noir profond, et, le cœur serré, se remémora le moment où Seb lui avait entouré les jambes en se blottissant contre elle. Ce geste était-il synonyme de changement ? S'agissait-il d'une première tentative de sortir de l'horrible néant dans lequel il avait sombré après la fin tragique de ses parents ?

Se frottant le front d'une main tremblante, elle essaya de remettre de l'ordre dans ses pensées. Son neveu dormait paisiblement, à présent, avec son cher M. Bernard dans les bras.

Elle aurait dû aller se coucher à son tour et se reposer un peu. Après avoir savouré la soupe délicieuse et le pain fait maison servis par Anna, Amélie avait pris une douche brûlante dans la luxueuse salle de bains attenante à sa chambre, mais elle se sentait toujours aussi épuisée.

Il y avait tant de problèmes à résoudre…

Et pour s'y attaquer, elle devait d'abord affronter Lambis Evangelos.

Un soupir lui échappa tandis qu'elle se tournait vers sa valise. Elle aurait tellement aimé enfiler une chemise de nuit confortable et se glisser dans le grand lit qui l'attendait… Mais tant qu'elle n'aurait pas parlé à Lambis, elle ne pourrait trouver le sommeil.

Dix minutes plus tard, en pantalon de jersey gris chiné et chemisier en soie vert émeraude — et affichant une assurance qu'elle était loin d'éprouver —, Amélie jeta un dernier coup d'œil à son reflet. Grâce à ce maquillage subtil, la fatigue se voyait moins, constata-t-elle, satisfaite de son œuvre.

D'un geste rapide, elle rassembla ses longs cheveux en chignon souple sur la nuque, puis enfila des boutons d'oreilles — des perles de culture roses toutes simples —, et décida de mettre son pendentif en or ciselé serti de perles anciennes, seul bijou offert par sa mère.

Elle referma les doigts sur le médaillon, se rappelant la douceur des bras de celle qui lui avait donné le jour, sa voix lui chuchotant que maintenant qu'elle avait douze ans elle pouvait porter des bijoux.

Cet unique legs lui servait de talisman dans les moments difficiles, comme cela avait été le cas lorsque sa mère était morte, quelques mois après son douzième anniversaire.

Michel et Seb avaient hérité du sourire de la disparue. Le visage de son frère lui apparut soudain, remplaçant celui de leur mère. Elle revit ses yeux brillants tandis qu'il leur faisait découvrir son nouveau hors-bord, son sourire charmeur lorsqu'il avait tendu la main à Irini pour l'inviter à le rejoindre…

Amélie refoula le flot de souvenirs et, tournant sur elle-même, inspecta la vaste chambre mise à sa disposition. Les murs blancs étaient nus, à l'exception de celui du fond sur lequel ressortait une ravissante petite icône.

Sans être experte en la matière, elle devina qu'il s'agissait d'un original. La sérénité et l'amour qui émanaient des traits de Marie contemplant son fils étaient d'une intensité stupéfiante. La poitrine nouée, Amélie fut envahie par une émotion si forte qu'elle détourna les yeux. Elle se sentait touchée au plus intime de son être et avait l'impression de découvrir un désir secret inconnu jusque-là.

Pourquoi Lambis gardait-il un tel trésor dans une chambre d'amis ? se demanda-t-elle en s'avançant dans la vaste pièce. Elle regarda les poutres anciennes soutenant le plafond, les magnifiques tapis aux motifs compliqués, sans doute confectionnés par des artisans locaux, dont les teintes vives égayaient les planchers de bois sombre.

Le lit immense était recouvert d'un jeté de soie richement brodée et, en plus d'une imposante armoire aux portes ouvragées, un dressing spacieux et bien aménagé jouxtait la chambre.

Face au lit, un grand écran de télévision avait été installé dans une niche, remarqua-t-elle soudain. Tout avait été prévu pour l'agrément des occupants de la suite.

Que révélaient ces détails sur le propriétaire des lieux ? Qu'il respectait la tradition tout en affichant un goût immodéré pour le luxe et le confort moderne ? Qu'il désirait que ses invités se sentent chez eux ?

Ce n'était pourtant pas la première impression qu'il lui avait donnée…

À moins qu'il ne se soit montré inhospitalier uniquement vis-à-vis d'elle, songea Amélie avec amertume.

Celui qu'elle avait pris pour un homme droit et bon n'avait pas de cœur, c'était aussi simple que cela.

Elle le trouva dans un immense salon au plafond haut. La décoration offrant un mélange raffiné de style ancien et ultra-contemporain ne dégageait aucune froideur, exsudant au contraire un charme cosy et réconfortant.

Dès qu'elle franchit le seuil, Lambis tourna la tête vers elle, l'air détaché.

Qu'avait-elle espéré ? Qu'il se soit métamorphosé par magie et l'accueille à bras ouverts ?

Sans dire un mot, il la regarda s'avancer dans le salon, puis s'arrêter devant l'imposante cheminée où brûlaient de grosses bûches.

Amélie contempla les flammes qui dansaient gaiement dans l'âtre, le crépitement joyeux du bois faisant jaillir des étincelles dorées, puis lentement pivota vers la silhouette sombre installée dans un profond fauteuil, à côté du feu.

Même ainsi, à moitié dissimulé dans l'ombre, son visage était d'une beauté saisissante, âpre et singulière. Mais à laquelle Amélie était désormais insensible, se força-t-elle à se convaincre.

Cela n'empêcha néanmoins pas son cœur de faire un petit bond, comme s'il se réveillait à la vie, en même temps que la partie la plus intime de son corps semblait renaître.

Comment pouvait-elle réagir de la sorte maintenant ? Un frisson la parcourut. Il était hors de question de se laisser aller à ses désirs d'autrefois. Ils appartenaient au passé.

Une sensation de froid l'envahit alors qu'elle se trouvait devant le feu. Elle aperçut le verre ballon posé sur une table basse, à côté de Lambis, mais il ne lui offrit rien à boire. Ça aurait sans doute été trop attendre de sa part.

Si elle ne se trompait pas, elle et Seb repartiraient dès que la neige aurait cessé de tomber. Ce qui ne saurait tarder. Il était encore trop tôt pour l'hiver.

Amélie s'assit dans un fauteuil, en face de Lambis. Durant un long moment, ni l'un ni l'autre ne troublèrent le silence.

— Allez-vous enfin vous expliquer ? demanda soudain Lambis, la faisant presque sursauter.

Elle refusa néanmoins de se laisser intimider par ce qui ressemblait fort à un ordre.

— Vous n'avez toujours pas écouté mes messages ?

— Si, mais cela ne me renseigne pas beaucoup. Tout ce que je sais, c'est qu'il s'agit de votre neveu.

De Sébastien ! se retint-elle de crier. *Ou Seb. Vous l'appeliez ainsi, autrefois.*

Qu'était-il arrivé à l'homme souriant qui avait fini par accepter que le petit garçon le suive partout comme son ombre lors de ses séjours au palais, à St. Galla ? Le petit garçon dont le père était souvent trop accaparé par les affaires de l'État pour s'occuper de lui.

— Je ne pouvais vous en dire davantage par téléphone, répliqua-t-elle en redressant le menton. Tout cela est confidentiel.

Il fit un geste embrassant la pièce.

— Vous pouvez parler. Nous sommes seuls.

C'était le moment de se lancer. Et pourtant, les mots restèrent bloqués dans sa gorge. Elle avait espéré au moins une lueur d'intérêt dans son regard, un soupçon de curiosité dans sa voix profonde de baryton. Était-ce trop demander ?

Croisant les chevilles, Amélie noua les mains sur ses genoux.

— Depuis la perte de ses parents, Seb s'adapte peu à peu à sa nouvelle situation, commença-t-elle d'un ton neutre. Vous avez vu comment il s'est comporté, lors des obsèques…

C'était à ce moment-là qu'elle avait compris que quelque chose n'allait pas, avant de réaliser plus tard l'étendue du désastre.

— Il donnait l'impression d'être très maître de lui-même.

— Ce n'était qu'une *impression*, en effet, appuya-t-elle.

La presse a adoré étaler les photos du « courageux petit prince se recueillant devant le cercueil de ses parents ».

Amélie refoula la nausée qui lui montait aux lèvres en repensant au voyeurisme répugnant dont les journalistes avaient fait preuve.

— Il ne s'agissait pas de maîtrise de soi, mais de chagrin à l'état pur, poursuivit-elle.

Bien qu'étant désormais l'aînée de la famille royale, elle n'avait pu faire en sorte que Seb n'assiste pas aux funérailles de ses parents. N'étant pas encore régente — ce qu'elle ne deviendrait peut-être jamais si le Premier ministre arrivait à ses fins —, elle n'était en effet pas autorisée à prendre de telles décisions.

Elle avait même enfreint la loi en faisant sortir Seb du pays. Mais peu lui importait. Amélie aurait été prête à tout pour aider son neveu.

— Leur mort remonte à peu.

Un frisson la traversa. Il n'y avait aucune trace de compassion ou de tristesse sur les traits de celui qui lui faisait face, alors qu'Irini avait été comme une sœur pour lui.

Cependant, elle-même ne dissimulait-elle pas ses

émotions ? Alors, qui sait ? Sous cette expression indé-chiffrable, Lambis souffrait peut-être lui aussi.

— Oui, mais… Il y a davantage que cela.

Elle s'interrompit, assaillie par le souvenir des deux jeunes souverains emportés par une mort brutale et atroce. Personne n'aurait jamais imaginé que le roi et la reine de St. Galla puissent périr dans un accident aussi inattendu qu'horrible. À St. Galla, tous avaient ressenti un choc immense. Même encore maintenant, Amélie se réveillait chaque matin en refusant d'y croire. Il lui fallait plusieurs minutes pour admettre l'effroyable réalité.

— Seb était présent quand c'est arrivé, poursuivit-elle lentement. Il a tout vu. Et il aurait voulu monter à bord lui aussi, mais Irini a dit non, pensant qu'il serait trop excité ensuite pour sa sieste. Elle m'a confié son fils.

S'interrompant de nouveau, elle inspira profondément.

— Michel lui a promis de l'emmener le lendemain.

Mais il n'y avait pas eu de lendemain pour Michel et sa femme.

— Je sais.

La voix grave de Lambis résonna en elle, la faisant tressaillir.

Bien sûr qu'il savait. Elle le lui avait dit quand il était arrivé à St. Galla pour les funérailles, alors pourquoi le lui répéter maintenant ?

Battant des cils, Amélie contempla le feu, regarda les flammes danser et lécher le bois à moitié consumé.

— Le problème, c'est que la réaction de Seb à la mort de ses parents est… inquiétante.

Elle tourna les yeux vers Lambis. Toujours pas la moindre lueur de compassion, ni même de compréhension.

— Il n'a pas pleuré une seule fois depuis l'accident… ni prononcé un mot.

Cette fois, Lambis se raidit et fronça les sourcils, l'air concentré. Ou préoccupé ?

— Il n'a plus parlé ? À personne ?

— Non. À personne.

Cela avait été si étrange de voir le petit garçon se murer subitement dans le silence. Son mutisme l'avait bien sûr inquiétée, mais elle avait eu tant de choses à faire, tant de problèmes urgents à régler, de devoirs royaux à accomplir, tant de rendez-vous officiels, d'audiences, qu'elle s'était laissée aller à espérer que cela se résoudrait tout seul.

— Il ne parle pas, ne sourit pas et ne pleure pas. Il ne réagit plus du tout, à rien.

— Vous avez demandé conseil à quelqu'un ?

— Évidemment. D'après les spécialistes, Seb a besoin de temps — mais personne ne sait de *combien* de temps — et de se sentir aimé et en sécurité.

Sa voix avait légèrement buté sur le mot « aimé », mais elle refusa de baisser les yeux. Elle n'avait pas honte de ses sentiments pour Seb.

Ce qui l'embarrassait, c'était ceux éprouvés autrefois pour Lambis.

— Eh bien, accordez-lui du temps. Donnez-lui de l'amour. Soyez patiente.

— Je ne peux pas.

— Comment cela, vous ne pouvez pas ?

Lambis ne se serait jamais attendu à de telles paroles de la part d'Amélie. Cet aveu d'impuissance le choquait. Plus que si elle avait commencé à déboutonner cet élégant chemisier de soie émeraude avant de s'offrir à lui, nue et consentante.

Il poussa un juron *in petto*. D'où avait surgi ce fantasme absurde ? Il n'en voulait pas. Ni d'elle chez lui. Il n'avait rien à faire avec cette femme, aussi ravissante et attirante soit-elle.

— Vous le faites déjà, il me semble ! enchaîna-t-il, ulcéré par ses propres réactions. Et vous vous débrouillez très bien, manifestement !

En dépit de son port de tête princier, de son aptitude à user de fermeté et de diplomatie en toutes circonstances,

Amélie était l'incarnation même de la sensualité féminine et de la douceur. Après la mort de sa mère, elle avait élevé son frère cadet, leur père s'intéressant davantage au pouvoir et à son bon plaisir qu'à sa famille. C'était elle qui avait représenté la stabilité et l'harmonie, pas la figure paternelle.

Plus tard, elle avait accueilli chaleureusement Irini qui, devenue reine à vingt ans, se sentait d'autant plus déplacée au palais et dépassée par le protocole en vigueur qu'elle devait en outre s'adapter à son pays d'adoption.

Lambis avait conservé les lettres de son amie. Elle y racontait le dévouement et l'affection sans faille d'Amélie, sa capacité à écouter sa future belle-sœur, sa gentillesse, alors que d'autres réprouvaient un mariage précipité par une grossesse non planifiée. Dès le début, Amélie avait pris le parti du jeune couple et s'était montrée leur alliée inconditionnelle. Jusqu'à ce jour funeste.

Rien que pour cela, Lambis était son débiteur.

Il la regarda se redresser dans son fauteuil, le dos droit et les épaules raides.

— Comme vous venez de le souligner, je me suis *débrouillée* jusqu'à présent, en effet, mais je ne peux plus continuer.

Lambis faillit lui préciser qu'il n'avait pas voulu la blesser en prononçant ces paroles, mais il se retint. Ne jamais s'expliquer, ne jamais montrer d'émotion. En gardant ses distances, il pouvait admirer le dévouement d'Amélie envers son pays et son neveu, sa force de caractère, mais cela ne le concernait pas. Plus maintenant.

Il la regarda, fasciné malgré lui. Elle était en colère, deux taches roses coloraient ses pommettes. La princesse Amélie de St. Galla était une femme remarquable. Au charme puissant et à la nature chaleureuse.

— Pourquoi ? demanda-t-il d'une voix étrangement sourde. Qu'est-ce qui a changé ?

— Parce que le compte à rebours a commencé pour Sébastien et que nous ne pouvons nous permettre de perdre du temps. Il faut qu'il guérisse, rapidement. Et ce n'est pas…

Détournant les yeux, elle contempla de nouveau le feu rougeoyant dans la cheminée.

— … en restant à St. Galla qu'il y parviendra. Tout lui rappelle ses parents, au palais. Il n'a qu'à regarder par sa fenêtre pour voir l'endroit où ils sont morts.

Un léger tremblement avait altéré sa voix. Sous son calme apparent, Amélie souffrait.

Naguère, Lambis se serait précipité vers elle et…

Et quoi ? Il lui aurait posé la main sur l'épaule ? L'aurait prise dans ses bras en lui murmurant que tout irait bien ?

C'était impossible. Ne serait-ce que parce qu'en touchant cette femme il aurait commis l'erreur la plus phénoménale de sa vie. Car une fois qu'il aurait eu commencé, il aurait sans doute été incapable de s'arrêter.

Sans compter qu'il ne croyait plus aux fins heureuses et ne pouvait lui mentir. Il n'en avait jamais été capable, d'ailleurs. Même si durant un temps, il avait été tenté d'y croire. Lorsqu'autrefois, quelques années plus tôt, elle l'avait regardé avec ces beaux yeux lumineux et lui avait proposé de rester plus longtemps à St. Galla, avec elle.

Lambis aurait tant aimé lui laisser espérer qu'il pourrait être celui qu'elle voyait en lui ce jour-là, ne serait-ce que pour savourer l'admiration qu'elle semblait lui vouer.

— Dans ce cas, emmenez-le dans un endroit tranquille où il pourra se reposer.

Elle tourna vivement la tête vers lui, les prunelles étincelantes.

— C'est plus facile à dire qu'à faire. Les journalistes nous suivront partout, où que nous allions.

— Je n'en vois aucun posté derrière les barrières de ma propriété, répliqua-t-il avec une légère pointe d'ironie.

Cependant, plus il y repensait et plus il songeait qu'Amélie avait réalisé un véritable exploit en réussissant à venir incognito chez lui. Ayant été lui-même garde du corps avant de créer son entreprise internationale de sécurité et de protection rapprochée, il savait d'expérience que pour des non-professionnels, échapper aux photographes relevait du tour de force. Or, Amélie avait fait le trajet de St. Galla, île située au large des côtes française et italienne, jusqu'en Grèce avec son neveu à l'insu des médias.

Comment avait-elle fait, elle qui avait toujours mené une existence privilégiée bien à l'abri, dans un palais ?

— Pour l'instant.

Plus la moindre trace de tremblement dans sa voix, à présent. Elle s'exprimait d'un ton impersonnel.

— Vous savez que je ne peux les éviter à long terme, poursuivit-elle. Nous avons besoin d'un endroit où nous serons en sécurité.

— Je ne peux vous offrir ce que vous recherchez.

— Vous avez promis de protéger Seb. Je vous ai entendu l'affirmer à Irini quand elle vous a demandé d'être son parrain.

Irini. Qu'il n'avait pas non plus su protéger. Avec elle aussi, il avait failli.

— Je vous trouverai un endroit sûr où vous cacher jusqu'à votre retour à St. Galla.

Elle le regarda avec calme, les traits impénétrables. Pour la première fois depuis son arrivée, elle redevenait la princesse Amélie, la femme capable de tenir tête à des chefs d'État et à des négociateurs retors.

— Vous trouverez un refuge pour votre filleul et ensuite vous l'abandonnerez à son sort, c'est cela ?

Ses paroles lui titillèrent la conscience. Ou peut-être ce qu'il lui restait de cœur.

— Je croyais qu'il comptait pour vous, poursuivit-elle, l'air méprisant. Je vous prenais pour un homme d'honneur.

Quand elle se leva d'un mouvement fluide, mais un peu brusque, il remarqua l'imperceptible vacillement de ses jambes. Elle luttait contre ses émotions ou la fatigue. Voire les deux.

Ce constat accrut encore le respect qu'il éprouvait pour Amélie — même s'il ne désirait qu'une chose : se débarrasser d'elle le plus vite possible. Car elle s'était trompée, en effet : il n'était pas l'homme dont elle avait besoin. Ni celui qu'elle croyait.

Il la regarda se retourner pour s'en aller. C'était ce qu'il souhaitait, et pourtant il en eut le ventre noué.

— Vous avez dit que le compte à rebours avait commencé pour Sébastien, lança-t-il malgré lui. Qu'entendiez-vous par là ?

— Pourquoi me poser la question puisque son sort vous indiffère ? riposta-t-elle sans se retourner.

Elle s'immobilisa et resta figée, le dos raide, les poings serrés le long du corps.

S'il répondait que le sort de Sébastien le préoccupait, cela équivaudrait à une invitation à demeurer chez lui. Or, il ne pouvait les accueillir. Mais il ne pouvait pas non plus supporter de voir la tension étreignant Amélie.

Qu'elle aille au diable ! Il ne retomberait pas sous son charme. À aucun prix !

Quand elle se retourna soudain, le changement survenu en elle lui fit l'effet d'un coup de poing en plein plexus solaire. Disparue, la princesse inaccessible, l'aristocrate hautaine. La femme qui lui faisait face n'était plus que chaleur et passion. Il le voyait à son regard étincelant comme un joyau, à la roseur faisant ressortir ses pommettes, à l'incarnat de ses lèvres pulpeuses, comme si elle les avait mordues pour en raviver la teinte.

Les conséquences de cette métamorphose furent immédiates, fulgurantes. Le désir fusa en Lambis et s'empara de tout son corps. Il avait désiré Amélie autrefois, comme un fou, mais pas avec une telle intensité. Il avait l'impression que s'il ne la prenait pas dans ses bras tout de suite, ne goûtait pas cette belle bouche sensuelle avant de posséder ce corps aux proportions parfaites, il allait mourir, là, maintenant.

Elle redressa le menton, comme si elle avait deviné son émotion et en éprouvait du dégoût. Mais quand elle parla, Lambis comprit qu'elle n'avait rien remarqué. Elle était toute aux inquiétudes qui la torturaient.

— Seb est trop jeune pour être couronné roi, commença-t-elle lentement. Aussi sera-t-il proclamé héritier au trône, et la régence sera-t-elle confirmée. La date de la cérémonie a été fixée au jour de son cinquième anniversaire, le mois prochain. Et puisqu'il n'est plus un enfant en bas âge, il doit paraître publiquement et accepter son nouveau statut.

— Et ?

— Et il devra s'exprimer oralement pour signifier qu'il accepte son rôle et prêter serment. Sinon…

Amélie s'interrompit, le visage blême.

— S'il ne peut prononcer les mots requis, un autre prendra sa place.

— Mais, vu les circonstances…

— La loi de succession est très précise. Il doit prêter serment lui-même ou renoncer au trône à jamais.

— J'entends bien, confirma Lambis en plissant le front. Mais puisqu'il est le fils unique de Michel et Irini…

— Il a hérité du trône à sa naissance, acquiesça-t-elle. Mais cela n'est pas suffisant. La loi prévalant à St. Galla exige de désigner le prochain souverain le plus vite possible. Si ce n'est pas Seb, ce sera un cousin — un individu faisant actuellement l'objet d'une enquête pour fraude.

Lambis la scruta avec incrédulité. Le fils d'Irini déchu de son titre ? Il ne pouvait le croire.

— Ne peut-on modifier cette loi ?

— Pas assez rapidement pour que Seb en bénéficie.

— Et vous ?

Elle se contenta de le dévisager en haussant les sourcils.

— Pourquoi ne pas vous désigner comme reine si ce cousin est trop éloigné — et peu recommandable de surcroît ? Vous avez secondé votre père, non ? Puis votre frère quand il a accédé au trône.

— À St. Galla, les femmes ne peuvent régner, c'est un privilège strictement masculin, expliqua-t-elle avec une pointe d'amertume dans la voix. C'est pour cette raison que je dois aider Seb à sortir de son mutisme, parce que sinon son héritage lui échappera définitivement.

Lorsqu'elle referma les bras sur son buste, Lambis sentit quelque chose frémir en lui. Il était si rare de voir Amélie laisser transparaître sa vulnérabilité.

— Je ne pourrais plus me regarder en face si je n'honorais pas la confiance que Michel et Irini ont placée en moi.

Lambis tendit la main vers son verre de cognac et en avala une gorgée. Le liquide lui brûla la bouche, la poitrine, le ventre. Le fait d'entendre Amélie parler de confiance lui rappelait sa propre responsabilité envers Irini. Il n'avait pas su la protéger, et sa défaillance avait eu des conséquences tragiques. S'il échouait à protéger son fils...

— Pourquoi l'avoir amené ici ? Je ne suis ni psychologue ni orthophoniste.

Le beau visage aux traits nobles d'Amélie se détendit, comme si elle avait senti que sa détermination faiblissait.

— Vous le fascinez. Il vous suivait partout quand vous veniez à St. Galla. Vous êtes une véritable idole, à ses yeux. Il vous adore.

Elle s'interrompit un instant, le regard impénétrable.

— J'ai beaucoup réfléchi à la question, croyez-moi. Et je sais que si quelqu'un peut l'aider à sortir de ce tunnel, c'est vous.

Glacé jusqu'au sang, Lambis secoua la tête avec force.

— Je ne vois vraiment pas comment je pourrais l'aider ! Je ne saurais même pas par où commencer !

Mais ce n'était pas cela qui le terrifiait le plus. C'était l'idée que la vie de ce petit garçon puisse dépendre de lui.

Quel imposteur il faisait ! Il dirigeait une entreprise garantissant chaque jour la sécurité de clients inconnus, certains évoluant dans les environnements les plus dangereux, mais il était incapable de protéger ses proches.

Levant les yeux, il croisa le regard d'Amélie, intense et inquisiteur. Si elle cherchait à le comprendre, il lui souhaitait bonne chance ! Et si elle espérait sonder son âme, il doutait fort qu'elle y parvienne, vu qu'il l'avait perdue depuis longtemps.

Il reposa son verre vide sur la table basse.

— Je ne peux vous offrir ce dont vous avez besoin.

— Vous ne voulez même pas essayer ?

Son visage redevint blême, sa bouche se crispa légèrement. L'espace d'un instant, Lambis crut qu'elle allait se mordre la lèvre pour ne pas pleurer. Et cette éventualité lui transperça la poitrine.

— Très bien, répliqua-t-elle brièvement en se retournant.

Le bruit de ses talons résonna dans la pièce.

— Je vous trouverai un endroit où vous serez tranquilles et où la presse ne viendra pas vous importuner.

C'était tout ce qu'il pouvait faire pour elle, pour eux. Son orgueil et sa conscience protestaient que c'était trop peu, mais il refusa de faire naître de faux espoirs. Il ne pouvait accomplir des miracles. Et ce qu'il fallait à Seb, c'était un lieu où se reposer en sécurité, avec sa tante à ses côtés.

— Tout sera organisé d'ici à demain, ajouta-t-il.

Amélie ne s'arrêta pas. Elle franchit le seuil sans se retourner avant de disparaître dans le couloir.

4.

Quittant des yeux son écran d'ordinateur, Lambis tourna la tête vers la fenêtre et les aperçut.

Ils s'étaient levés tôt…

Leurs silhouettes se détachaient sur la montagne enneigée qui se dressait derrière eux, auréolée de rose et d'orangé.

Intrigué, il repoussa sa chaise et se rapprocha de la baie vitrée. Ils formaient un couple si étrange, tous les deux… Amélie portait des bottes en caoutchouc trop grandes pour elle et une parka épaisse, sans doute prêtées par Anna ; quant à Sébastien, ses vêtements d'emprunt lui allaient mieux, mais la veste était trop longue. Où Anna leur avait-elle déniché cet équipement ?

Main dans la main, ils s'avançaient dans la neige immaculée tombée au cours de la nuit. Mais elle ne tiendrait pas et aurait fondu avant l'après-midi. La météo prévoyait en effet une remontée des températures.

Au lieu de retourner à ses mails pourtant urgents, Lambis resta là à les regarder.

Amélie parlait en faisant de grands gestes d'un bras. Sébastien ne réagissait pas et marchait à côté de sa tante les épaules basses, la tête penchée en avant. Il n'était pas enchanté par les premières neiges de l'année ; il ne courait pas, heureux de laisser ses empreintes derrière lui ; il ne se baissait même pas pour faire une petite boule de neige.

Comme si elle l'avait entendu penser à distance, Amélie s'agenouilla dans la neige et commença à faire un tas. Rosi par le froid, son visage était encore plus beau. Elle souriait et parlait en s'activant, mais il perçut de l'inquiétude et de la nervosité dans son attitude.

Elle tendit la main vers Seb pour l'inviter à se joindre à elle, mais l'enfant resta immobile à la regarder.

L'espace d'un instant, Lambis vit les traits d'Amélie se figer, puis elle baissa les yeux et se concentra sur sa tâche. Quand elle redressa la tête, elle souriait de nouveau, mais il sentit sa souffrance et en eut un pincement au cœur. Elle demeurait si stoïque, si courageuse et déterminée, alors que tout semblait se liguer contre son neveu et elle.

Même s'il l'avait voulu, il n'aurait su comment aider Sébastien, se répéta Lambis en croisant les bras dans l'espoir de calmer l'espoir fou qui avait soudain surgi en lui.

Un soupir lui échappa, et une sensation de vide l'envahit. Dehors, dans le parc recouvert d'un fin manteau blanc, Amélie dissimulait sa peur sous un sourire lumineux.

Quelque chose se tordit alors en lui, se brisa. Il exhala, inspira profondément, puis se tourna et se dirigea à grands pas vers la porte.

— Quand nous aurons terminé, nous irons demander à Anna si elle veut bien nous donner une carotte pour lui faire un nez, d'accord ?

Seb ne répondit pas, évidemment. Et Amélie sourit comme si de rien n'était. Comme s'ils étaient en vacances et avaient tout leur temps.

Après avoir passé sa vie à cacher ses sentiments derrière un masque serein, elle avait maintenant de plus en plus de mal à donner le change, mais si elle cédait à l'inquiétude qui la rongeait et baissait les bras, qui serait là pour Seb ? Qui lui apporterait du réconfort et de l'affection ?

Son regard fut soudain attiré par la haute silhouette apparaissant au coin de la maison. C'était Lambis, chaussé de bottes de cuir et vêtu d'un gros pull en laine foncé et d'un jean noir. Ainsi auréolé par la lumière dorée du petit matin, il ressemblait à un dieu descendu de la montagne pour surveiller de plus près les simples mortels osant s'aventurer sur son territoire.

Le cœur d'Amélie frémit tandis qu'elle détournait les yeux à la hâte et se concentrait sur son bonhomme de neige maigrichon.

Un jour, elle ne ressentirait plus aucune étincelle de désir en voyant apparaître Lambis, se prit-elle à espérer. Elle n'éprouverait plus rien que de l'indifférence à son égard.

Quand elle redressa de nouveau la tête, il s'était arrêté et contemplait Seb avec une telle intensité qu'elle s'immobilisa en retenant son souffle.

Ce n'était plus de la colère qui assombrissait ses yeux gris ni de la réprobation, c'était une infinie tristesse.

Elle la reconnut pour l'avoir vécue à la mort de sa mère, puis après avoir perdu Michel et Irini. Sans dire un mot, elle regarda son beau visage rigide de tension.

Lambis paraissait... torturé par une émotion profonde.

Bouleversée, elle aurait voulu se précipiter vers lui et lui demander ce qui le tourmentait, pour pouvoir le réconforter. Mais, se rappelant ses paroles dures et son attitude si peu accueillante de la veille, elle ne bougea pas.

Amélie aurait été prête à faire n'importe quoi pour ceux qu'elle aimait. Elle soutenait les membres de sa famille et ses proches depuis toujours. Mais les deux seules fois où elle avait cru trouver l'amour, elle avait essuyé un rejet. Des années plus tôt, l'homme qu'elle allait épouser l'avait abandonnée, découragé par son père, le roi de St. Galla. La seconde fois, ça avait été cet homme ténébreux qui l'avait repoussée impitoyablement.

Par conséquent, elle était bien décidée à garder ses distances vis-à-vis de lui. Elle était venue le voir uniquement pour Seb.

— Alors comme ça, vous faites un bonhomme de neige, tous les deux, dit-il soudain à l'adresse du petit garçon. C'est courageux, vu qu'il n'y a pas beaucoup de neige.

Le cœur battant à tout rompre, elle les dévisagea tour à

tour. La voix de Lambis avait pris un accent chaleureux, lui rappelant l'homme qu'elle avait cru connaître autrefois.

Il s'accroupit à côté d'elle et rajouta de la neige d'un côté pour rééquilibrer son ouvrage un peu bancal.

— Vous manquez d'entraînement, princesse, poursuivit-il sans la regarder. On voit bien que vous n'avez pas souvent de la neige, à St. Galla !

S'interrompant, il tourna une seconde les yeux vers Seb pour l'inclure tacitement dans la conversation, mais sans attendre de réaction de sa part.

Concentré sur le bonhomme qui prenait de l'embonpoint comme par magie, il lui tapota doucement les flancs pour tasser la neige.

Sidérée, Amélie réalisa que sa colère était retombée. Elle ne pouvait pardonner à Lambis son refus de les aider, mais désormais il était leur allié, comprit-elle. Durant quelques instants précieux, elle sentit un poids quitter ses épaules tandis que Lambis racontait à Seb qu'en hiver la neige recouvrait tout le paysage d'un épais manteau.

Basculant sur les talons, Amélie repoussa une mèche de cheveux de sa joue d'une main tremblante. Ce matin-là, au réveil, elle avait eu les émotions tellement à fleur de peau qu'elle avait redouté de craquer. Cela faisait des semaines qu'elle ne pouvait partager son inquiétude avec personne hormis Enide, cousine d'un certain âge venue s'installer au palais pour la soutenir et l'aider après la mort de Michel et Irini.

Chère Enide. Elle était la seule à qui Amélie avait parlé de son départ, sans toutefois lui révéler où elle emmenait Seb. Sa fidèle alliée s'occupait de tout en son absence, la représentant lors des événements officiels qui n'avaient pu être annulés à temps. Comme convenu, elle avait annoncé que la princesse et son neveu, fils du défunt roi, allaient se reposer à l'étranger durant une courte période. Quant à la visite d'Alex de Bengaria et aux célébrations prévues pour honorer sa venue, Amélie avait demandé au Premier ministre de les reporter au mois suivant.

— Regarde ce qu'on va faire, maintenant, dit Lambis.

Elle le vit gratter la neige et dégager deux cailloux ronds qu'il ramassa et enfonça dans la tête du bonhomme en guise d'yeux.

— Pas mal…, murmura-t-elle.

Seb contemplait la sculpture du même air impassible. Aucune lueur d'intérêt ou de joie n'éclairait son expression, il n'y avait que ce vide terrifiant.

À côté d'elle, Lambis se redressa de toute sa hauteur d'un mouvement si rapide que Seb sursauta. Enfin, presque. Il n'avait pas vraiment bougé, mais s'était raidi. Lambis s'immobilisa aussitôt, tendu lui aussi. Ils se méfiaient l'un de l'autre, comprit Amélie en les observant.

Mais bon, elle n'avait tout de même pas cru qu'il suffirait d'un bonhomme de neige pour tout résoudre, non ?

Si, c'était exactement ce qu'elle avait espéré, reconnut-elle en son for intérieur, furieuse contre elle-même.

Se redressant à son tour, elle prit Seb par la main.

— Viens, mon chéri. Allons voir ce qu'Anna nous a préparé pour le petit déjeuner.

— Ensuite, vous pourrez faire vos bagages, enchaîna Lambis derrière eux. Tout est organisé : je vous ai trouvé un endroit où vous serez bien installés et en parfaite sécurité. Et où il fait meilleur qu'ici.

Il était impatient de se débarrasser d'eux.

Amélie hâta le pas, les émotions de nouveau à fleur de peau.

Pourquoi Lambis Evangelos détenait-il le pouvoir de la déstabiliser ainsi ? Pourquoi devenait-elle une autre dès qu'elle se retrouvait avec lui ? Où était passée la femme de vingt-neuf ans maîtresse d'elle-même en toutes circonstances ?

Subitement, elle se sentit *vraiment* sur le point de craquer.

Sans réfléchir, elle s'arrêta, se pencha et prit une poignée de neige, en fit une boule bien ferme, puis se retourna et la lança de toutes ses forces en direction de la haute silhouette qui les suivait.

Pour la première fois de sa vie, Amélie avait oublié ses bonnes manières et tout respect du protocole royal. Elle avait obéi à son instinct.

Le cœur battant, le souffle court, elle regarda le projectile exploser sur le menton de Lambis.

Incrédule, elle le vit secouer la tête, s'ébrouant comme un chien d'un air si comique qu'elle ne put s'empêcher d'éclater de rire.

Aussi stupéfait qu'elle, il la dévisagea en silence, les yeux étincelants.

Une sensation exaltante envahit alors Amélie. Quel bonheur de ne pas se contrôler ! De céder à ses envies, aussi saugrenues soient-elles… Après la tension et le stress des dernières semaines, c'était fabuleux, grisant.

Elle riait encore lorsque Lambis se pencha, ramassa une grosse poignée de neige, la façonna en quelques gestes adroits et se redressa.

La boule atteignit Amélie au bras qu'elle levait pour se protéger le visage. L'instant d'après, elle reprenait de la neige. Sa deuxième boule, plus volumineuse que la première, frappa Lambis à l'épaule avant de se désintégrer en cristaux s'éparpillant dans tous les sens.

Il fallut quelques secondes à Amélie pour réaliser qu'elle riait toujours, à en perdre le souffle. Les émotions qui l'étouffaient se libéraient. Le sang pulsait dans ses veines, irrégulier, joyeux, indomptable. Et lorsqu'elle lança sa troisième boule, que celle-ci fit mouche, maculant le pull noir de Lambis, elle fut en proie à un invraisemblable sentiment de triomphe et d'exaltation.

Au même instant, une boule vint s'écraser sur son front, l'aveuglant complètement.

Le choc redoubla son excitation. Mais une fois débarrassée de la neige lui couvrant le visage, Amélie s'aperçut que Lambis l'observait en fronçant les sourcils. Il ne craignait tout de même pas de la voir s'évanouir — ou s'enfuir en courant…

Comme si c'était son genre !

Elle se pencha et ramassa de la neige à deux mains. Il était rapide, certes, mais il représentait une cible plus large et donc plus facile à atteindre…

Cette fois, elle rata son coup, car il bougea au moment où elle visait, si bien que la grosse boule lui effleura à peine le coude. Loin de se décourager, Amélie prit tout son temps pour envoyer la suivante qui atterrit… dans le cou de Lambis, juste au-dessus de l'encolure de son pull.

Elle était resplendissante. La nouvelle Amélie qu'il découvrait le ravissait et l'enchantait, encore plus que celle qu'il connaissait déjà.

Des mèches blondes s'échappaient de son chignon et bouclaient autour de son visage aux joues roses, ses yeux verts étincelaient. Elle rayonnait.

Lambis brûlait de s'élancer vers elle, de la serrer contre lui, de s'enivrer de son parfum unique.

Mais il brûlait tout autant de déguerpir en courant, le plus loin possible d'elle et de la tentation. Parce que rien ne pourrait sortir de bon d'un tel rapprochement.

Cette femme gardait le pouvoir de l'étourdir. Chaque fois qu'il la repoussait, elle réussissait à revenir vers lui, à le surprendre, et ce sans même s'en rendre compte. Elle vibrait, naturellement, sans artifices. Il sentait presque ses lèvres frémir sous les siennes…

Une boule de neige s'écrasa au beau milieu de sa figure. Il secoua la tête… et aperçut soudain Sébastien, blotti au coin de la maison, immobile et les observant de loin. Son visage était aussi fermé que d'habitude, il ne souriait toujours pas, mais Lambis perçut quelque chose de différent dans son regard. Le petit garçon *suivait* la bataille.

Il se rappela alors le bambin trottant à côté de lui dans les longs couloirs du palais de St. Galla, babillant avec animation de tout et de rien, lui posant tant de questions que Lambis en avait le tournis. Il revit Sébastien éclatant tout à coup de rire, tout heureux d'avoir raconté ce qu'il considérait comme une bonne blague…

Au départ, Lambis avait tout fait pour l'éviter, mais en vain. Si bien qu'il avait fini par s'habituer à ce que Sébastien le suive partout comme son ombre.

Surprenant son regard dardé sur l'enfant, Amélie tourna à son tour la tête vers celui-ci et le contempla d'un air stupéfait. Mais au lieu de s'avancer vers lui, elle se pencha de nouveau pour ramasser de la neige, comme si elle n'avait pas remarqué le changement survenu chez son neveu.

Elle avait peur, comprit Lambis. Peur de voir Sébastien se refermer complètement si elle le rejoignait.

Lorsqu'une nouvelle boule atteignit Lambis en pleine poitrine, sa décision était prise. Il les accompagnerait sur l'île, au mépris de toute prudence et de tout instinct de préservation.

Il leva les mains en l'air.

— Stop ! Allons nous sécher, maintenant. Il faut que vous preniez votre petit déjeuner avant de partir.

Ce fut comme si Amélie s'éteignait d'un coup. Tout éclat quitta son regard, mais elle redressa le menton et les épaules.

Il la préférait ainsi, finalement. Il se sentait mieux armé contre sa méfiance, voire son dédain.

— J'espère que tu aimes voyager en hélicoptère, Sébastien, poursuivit-il à l'adresse de celui-ci. C'est moi qui piloterai, et tu verras, la vue est incroyable, de là-haut. On aperçoit les villages et les routes qui serpentent dans la montagne. C'est presque comme une carte.

— C'est vous qui nous emmenez ? demanda Amélie en plissant le front.

— Ne vous inquiétez pas, j'ai ma licence de pilote et de nombreuses heures de vol à mon actif. C'est le moyen le plus rapide de se déplacer — et le plus discret.

Il la regarda assimiler ses paroles.

— Quelqu'un se chargera de rendre votre voiture à l'agence de location, ajouta-t-il.

S'il s'était attendu à des remerciements, il aurait été déçu. Amélie se contenta d'un hochement de tête et prit la main de Sébastien avant de se diriger vers la maison.

Lambis les suivit à distance. Il avait d'abord prévu de demander à son pilote de les emmener dans sa villa de l'île, à l'ouest du continent. Ça aurait été plus simple, et plus confortable pour lui, car il aurait été débarrassé de ces invités non désirés plus rapidement, puis il avait changé ses plans — parce que l'enfant d'Irini l'avait touché au plus profond de son cœur, mais aussi à cause du courage d'Amélie.

Ce qui était inexplicable, voire franchement absurde, puisqu'il n'avait plus de cœur et était fermé à toute émotion.

5.

Émerveillée, Amélie contemplait la petite île entourée de tous côtés par les eaux turquoise.

Des falaises ocre clair surplombaient de ravissantes baies en apparence inaccessibles. Ailleurs, des pentes escarpées en partie boisées descendaient vers des plages au sable d'un blanc immaculé.

L'hiver paraissait bien loin, dans ce coin de paradis inondé de soleil ! À l'extrémité de l'île, Amélie aperçut un village niché autour d'un minuscule port naturel. Mais ce qui retint surtout son attention, c'était la demeure se dressant sur une colline. Solitaire et fière, elle semblait avoir poussé à même la roche et dominait une plage privée, de sable blanc elle aussi.

— Cette propriété vous appartient ? demanda-t-elle dans le micro incorporé à son casque.

— Oui. Les travaux sont terminés depuis peu, répondit brièvement Lambis.

Il se concentrait sur l'atterrissage, comprit Amélie tandis que l'hélicoptère tournait au-dessus d'une piste circulaire aménagée derrière la villa, puis entamait sa descente.

— Tu as vu la belle couleur de l'eau et les plages toutes blanches ? demanda-t-elle en se retournant vers Seb. Je suis sûre que l'on peut se baigner.

— Oui, l'eau est encore assez chaude, répliqua Lambis. La neige tombée dans le Nord était particulièrement précoce. L'hiver n'arrivera pas ici avant plusieurs mois.

Souriant à son neveu, elle l'aida à détacher sa ceinture

de sécurité. Ainsi, Lambis avait finalement décidé d'aider Seb, songea-t-elle avec un irrésistible regain d'optimisme.

— Les domestiques s'occuperont bien de vous. N'hésitez pas à vous adresser à eux si vous avez besoin de quoi que ce soit.

Toujours concentré sur les commandes, il parlait sans la regarder.

— Vous êtes ici chez vous, aussi longtemps que vous le désirerez. Et aucun journaliste ne viendra vous y importuner, je vous le promets.

Les mots de remerciement demeurèrent coincés dans sa gorge lorsqu'elle comprit Lambis ne restait pas avec eux — il les confiait au personnel. Refoulant son chagrin, Amélie aida Seb à ôter son casque et se débarrassa du sien. Elle était reconnaissante à Lambis de leur offrir ce refuge idyllique, naturellement, mais elle avait vraiment cru qu'il avait changé d'avis.

En fait, elle était *cruellement* déçue, s'avoua-t-elle en secret. Combien de fois se laisserait-elle berner par ses illusions ? Pourquoi persistait-elle à donner à cet homme insensible le pouvoir de la faire souffrir ?

De son côté, il venait de sauter à terre et attendait qu'ils en fassent autant, prêt à les aider en cas de besoin. Mais Amélie descendit à son tour sans le regarder et lui tourna carrément le dos pour s'occuper de Seb.

Une femme souriante guettait leur arrivée au bord de la piste. Dès qu'ils furent tous les trois au sol, elle s'avança vers eux et se présenta comme la gouvernante avant de leur souhaiter la bienvenue.

Tout était si bien organisé, le service était impeccable… Lambis repartirait soulagé, la conscience tranquille…

Un mélange d'amertume, de colère et de désespoir monta en elle, si intense qu'elle craignit d'exploser.

Elle sourit néanmoins à Sofia, la gouvernante, et lui demanda si elle voulait bien s'occuper de Seb pendant qu'elle échangeait quelques mots avec Lambis. Quand elle vit son neveu suivre une inconnue sans hésitation ni un regard en arrière, Amélie sentit son cœur se serrer.

Autrefois, il se serait sauvé en courant devant eux, pressé d'explorer la maison où ils allaient séjourner. Ou bien, fatigué, il aurait refusé de partir et se serait raccroché à la main de sa tante.

Se forçant à se ressaisir, elle les regarda se diriger vers la villa main dans la main, consciente de la proximité de Lambis derrière elle. Elle n'avait pas besoin de le voir pour savoir où il se trouvait. Dès sa première visite à St. Galla, elle avait deviné, *senti* sa présence, un frisson la traversant chaque fois qu'il était à proximité.

Mais c'était fini, tout cela. Alors, comment pouvait-elle rester reliée ainsi à Lambis Evangelos après avoir été rejetée par lui ?

Amélie se retourna d'un mouvement brusque. Il était si proche qu'elle dut lever les yeux pour croiser son regard.

— Quel genre d'homme êtes-vous donc ?

Ses beaux iris verts flamboyaient, elle palpitait tout entière. Lambis sentit sa virilité réagir instantanément. La jeune femme qu'il avait connue était séduisante, délicieuse et attirante, mais toujours réservée. Jusqu'à son arrivée chez lui la veille au soir. De façon perverse, il trouvait la nouvelle Amélie, téméraire et audacieuse, encore plus excitante.

— N'avez-vous pas de cœur ? poursuivit-elle en lui appuyant le bout de l'index sur le sternum.

Il réalisa que son cœur, justement, battait trop vite, trop fort. Il essaya de se convaincre que cette réaction venait du fait que personne d'autre n'aurait osé lui parler ainsi, mais il savait qu'elle était due à l'effort qu'il devait faire sur lui-même pour ne pas prendre Amélie dans ses bras et la faire taire d'un baiser.

Le désir avait rejailli en lui dès l'instant où elle était apparue à sa porte, grelottant de froid, et ne l'avait plus quitté depuis, ne faisant qu'augmenter chaque fois que Lambis se retrouvait en face d'elle.

Avec Amélie, il pourrait facilement tout oublier, pressentit Lambis. Se perdre en elle. Sans regrets et pour toujours.

Cette certitude le scandalisait, l'horrifiait, car Amélie lui était interdite à jamais. Il s'était donné un mal fou pour couper tout lien avec elle, et pourtant il avait passé d'innombrables nuits sans sommeil à se demander quel goût auraient ses lèvres pleines et sensuelles, ce qu'il éprouverait à s'enfouir en elle. Quand il l'avait aperçue dans la neige au petit matin, si joyeuse en apparence alors qu'elle était au bord de l'effondrement moral, il avait senti s'ouvrir une brèche dans le mur qu'il avait érigé autour de lui, une brèche qu'il ne parvenait pas à colmater, tout en se répétant qu'il n'était pas un sauveur, ni pour Sébastien ni pour elle.

— Vous m'avez entendue ? insista-t-elle, indignée et adorable.

— Oui, je vous ai entendue, princesse.

Il referma les doigts sur sa main et l'écarta. Elle était douce et chaude… Ce simple contact contenait une telle charge érotique qu'il en frémit intérieurement, mais Amélie ne sembla pas remarquer son trouble.

— Et vous n'avez rien à dire ? Vous êtes vraiment incroyable !

Elle secoua la tête, l'air outré.

— Quand je pense qu'Irini vous aimait. Elle disait que vous étiez le frère qu'elle n'avait jamais eu, qu'elle avait une confiance aveugle en vous.

Lambis sentit une douleur sourde naître au plus profond de sa poitrine, se déployer et se répandre dans tout son être.

Il avait trahi la confiance d'Irini.

— Qu'y a-t-il ? demanda Amélie d'un ton brusque. Vous n'aimez pas que l'on vous rappelle qu'Irini aurait attendu de vous plus de dévouement et n'aurait jamais imaginé que vous puissiez vous débarrasser de son fils comme d'un paquet encombrant ?

— Je ne me débarrasse pas de lui.

Ne l'avait-il pas amené sur son île, bon sang ? Ne faisait-il pas de son mieux pour le protéger ?

— Vous l'abandonnez. Parce que votre temps est trop précieux pour le gaspiller.

Elle s'interrompit en inclinant légèrement la tête de côté.

— À moins que vous ne réagissiez ainsi… par peur.

À ces mots, Lambis se raidit, stupéfait. Comment avait-elle deviné ce qu'il ne s'avouait même pas à lui-même ? Car elle avait raison, mais la peur qui le tenaillait était indescriptible et inexplicable à autrui. Surtout pour celle qui le dévisageait à présent avec un franc mépris.

— Je ne vois vraiment pas ce qui vous pose problème, Lambis. Et je ne veux pas le savoir. Mais vous n'êtes pas l'homme que je croyais ni celui qu'Irini voyait en vous. Je me demande comment vous faites pour vous regarder en face.

Lambis ne répondit pas. Il s'était déjà répété la même chose, maintes et maintes fois, mais le fait de l'entendre de la bouche d'Amélie le déprimait encore davantage.

Ce n'était néanmoins rien comparé à la douleur lancinante qui le traversa quand il vit des larmes briller dans ses yeux verts.

— Ne pleurez pas, Amélie !

Il l'attira si vivement contre lui qu'elle émit un petit halètement, qui le poussa à resserrer les bras sur elle, la retenant prisonnière.

Le souffle court, Lambis ferma les paupières pour mieux savourer la sensation exquise du corps pressé contre le sien. Les formes délicieusement féminines d'Amélie semblaient avoir été créées pour se fondre dans les lignes plus dures de son corps. Il devait faire un effort surhumain pour ne pas la caresser, adoucir son étreinte et explorer ces courbes affolantes.

Ressentait-elle la même chose ? Partageait-elle son désir ? En tout cas, elle ne cherchait pas à se dégager.

Mais à quoi bon se raconter des histoires ? Elle le méprisait. Elle avait peut-être eu un faible pour lui autrefois, mais tout cela appartenait désormais au passé. N'avait-il pas tout fait pour qu'il en soit ainsi ?

Il se demanda où il avait trouvé la force de résister à l'attirance qui avait vibré entre eux trois ans plus tôt. Il ne l'avait jamais tenue dans ses bras à ce moment-là, sinon il aurait été incapable de la repousser comme il l'avait fait, mais il avait eu suffisamment le sens de l'honneur pour rejeter la tentation de la serrer contre lui, de la posséder, qui le taraudait jour et nuit.

Exactement comme il brûlait de tenir son visage entre ses mains et de goûter enfin à ses lèvres. Là, maintenant.

Lambis se força à relâcher sa prise, résolu à la libérer, mais, comme mue par une force indépendante de sa volonté, sa main alla d'elle-même se poser sur les cheveux d'Amélie, si doux qu'il les caressa en retenant son souffle, émerveillé.

Quand il se décida à respirer, l'odeur de gardénia le pénétra, s'insinua dans tout son être. Incapable de résister, il pencha la tête et enfouit le visage dans les mèches soyeuses d'Amélie. Ce fut comme un bain de soleil au parfum de fleurs. Il s'autorisa à se repaître des divins effluves, à assouvir la soif qui le dévorait depuis si longtemps.

Puis il laissa retomber les bras et recula d'un pas.

Les yeux d'Amélie étaient immenses, d'un vert iridescent, leurs pupilles dilatées. Sa colère avait disparu. Elle semblait... suffoquée. Autant qu'il l'était lui-même. Mais cette impression n'était que le fruit de son imagination. Cette femme le haïssait — ce dont il aurait dû se réjouir. Il ne voulait pas d'elle, bon sang ! Et il avait tout fait pour qu'elle se détache de lui !

— Je vous répète que vous vous trompez, Amélie. Je ne suis pas celui dont Sébastien a besoin. Je ne peux pas l'aider à retrouver la parole. Mais je vais néanmoins rester avec vous.

Pour elle. Parce qu'il ne supportait pas de la voir céder au désespoir.

— Vous restez ? murmura-t-elle.

D'une voix si douce, si caressante, qu'il eut un mal fou à ne pas la soulever dans ses bras et l'emporter dans sa chambre.

Lambis fourragea dans ses cheveux. Il commettait une erreur, il le savait, dans toutes les fibres de son corps, avec ce sixième sens développé au fil des années dans la sécurité et la protection rapprochée. Mais il *devait* rester, il ne pouvait pas faire autrement.

— Oui, mais ne vous attendez pas à un miracle. D'autant que Sébastien a peur de moi, c'est évident. Et ne comptez pas me voir souvent : je continuerai à travailler à distance et serai enfermé dans mon bureau la plupart du temps.

Amélie acquiesça d'un hochement de tête tandis qu'un petit sourire timide s'ébauchait sur ses lèvres. Il y avait un tel espoir dans ses yeux que Lambis faillit détourner les siens.

— Merci, Lambis. Je… Cela compte énormément pour moi.

Cette fois, il ne put supporter la gratitude colorant sa voix.

— Disons que c'est ma B.A. de l'année. Ou plutôt de la décennie, répliqua-t-il d'un ton brusque en se retournant pour regagner la villa.

Le lendemain matin, le soleil brillait au-dessus de la vaste piscine à débordement et faisait miroiter la surface de la mer qui s'étendait à l'infini en toile de fond.

Fascinée, Amélie savoura la chaleur bienfaisante qui la pénétrait tandis qu'elle admirait le panorama époustouflant. À St. Galla, le palais surplombait les jardins et la forêt, et l'on apercevait au loin la ravissante baie privée — elle avait toujours adoré contempler cette vue dès son réveil —, mais là, dans la propriété de Lambis, ils se trouvaient à deux pas du rivage, et la demeure semblait faire partie intégrante du paysage.

Fermant les paupières, elle offrit son visage au soleil pour mieux se repaître des effluves marins auxquels se mêlaient les senteurs puissantes exhalées par les plantes sauvages.

Cet endroit possédait un charme si singulier qu'elle ne pouvait s'empêcher de croire au miracle. Sentant l'espoir frémir dans son cœur, Amélie se concentra sur ce qu'elle allait dire à Lambis. Car il fallait absolument qu'elle trouve le courage d'aller l'affronter dans sa tanière. La veille au soir, après qu'il se fut retiré très tôt, prétendant avoir un travail urgent à terminer, elle avait mis Seb au lit de bonne heure puis dîné seule sur une petite terrasse couverte dominant la piscine et la mer.

Lambis ne lui avait pas du tout manqué ! Mais à présent, elle craignait de se retrouver face à face avec lui. Ce qui était stupide. Elle ne regrettait pas de lui avoir dit ce qu'elle pensait la veille.

Néanmoins, Amélie ne pouvait se débarrasser si facilement de ses bonnes manières. Parler franchement aux gens ne faisait pas partie de ses habitudes. Elle avait appris à demeurer gracieuse et diplomate envers et contre tout, en mettant ses propres sentiments de côté. Aussi éprouvait-elle à présent un léger malaise à la perspective de revoir Lambis.

Cependant, son appréhension n'avait aucun lien avec les émotions qui s'emparaient d'elle dès qu'elle l'approchait. Quand il l'avait attirée contre lui la veille, c'était de l'indignation qu'elle avait ressentie, se répéta-t-elle. Rien d'autre.

Mais durant sa longue nuit agitée, elle n'avait pu s'empêcher de se souvenir de la senteur mâle qui l'avait presque enivrée lorsqu'il l'avait serrée dans ses bras. De la sensation de son torse musclé sous ses paumes.

Amélie déglutit et se força à regarder la vérité en face.

Ça avait été fabuleux d'être ainsi pressée contre lui. Et c'était bel et bien… du désir, qu'elle avait ressenti alors.

Il ne s'agissait que d'une réminiscence du passé, se convainquit-elle fermement. De l'époque où elle s'était crue amoureuse de Lambis et avait rêvé qu'il la prenne dans ses bras et la serre contre lui. Car ils ne s'étaient jamais enlacés ni embrassés.

Maintenant qu'elle l'avait vécu pour de vrai, elle allait pouvoir cesser de fantasmer et avancer.

Forte de cette certitude, Amélie se retourna et aperçut l'homme qui occupait ses pensées. Immobile sur le seuil de la terrasse, il l'observait, vêtu d'un jean délavé et d'une chemise noire à manches courtes découvrant ses bras musclés et brunis par le soleil. Et il avait les cheveux ébouriffés, comme s'il venait d'y passer la main.

Depuis combien de temps était-il là à la contempler ? À quoi pensait-il ?

— Lambis…

Elle s'interrompit, le cœur battant la chamade. Ce qui était ridicule. Absurde.

— Je voulais justement vous parler et j'allais partir à votre recherche.

— Sébastien va bien ? demanda-t-il en plissant le front.

— Oui. Il dort encore.

Lambis se contenta de hocher la tête. Il ne se souciait pas de savoir comment *elle* allait, si *elle* avait passé une bonne nuit — ce qui était aussi bien, puisqu'elle avait eu du mal à fermer l'œil.

Et puis, à quoi s'était-elle attendue ? À une conversation décontractée ? Il n'y avait jamais rien eu de décontracté chez Lambis. Il dégageait toujours une impression de détermination et de contrôle de soi. Mais autrefois, il y avait eu par moments de la tendresse et de la douceur dans son attitude vis-à-vis d'elle. Amélie se rappelait encore la chaleur de son rire l'enveloppant, riche et sensuel.

Elle battit des cils pour chasser les images qui défilaient dans son esprit.

— J'ai une faveur à vous demander.

Il haussa un sourcil interrogateur.

— Rien de trop difficile. J'aimerais m'acheter quelques vêtements.

Nouveau haussement de sourcil.

— Les tenues chics sont inutiles, ici. Il n'y a personne à impressionner.

— Je n'ai pas l'intention d'impressionner quiconque, répliqua-t-elle en redressant le menton. Mais notre départ a été un peu précipité. Je ne savais pas quoi emporter et…

Lambis enfonça les mains dans les poches de son jean, faisant ainsi ressortir ses biceps imposants.

— Ce que vous avez pris suffira. Il n'y a pas de police de la mode, sur cette île.

Pensait-il qu'elle se souciait de la mode, ou même de son apparence ? se demanda Amélie en contenant son irritation à grand-peine. Ne l'avait-il pas vue la veille noyée dans la parka et les bottes trop grandes prêtées par Anna ? Ainsi accoutrée, elle ressemblait pourtant davantage à un sac, ou à un clown, qu'à une princesse.

— Ce que je veux dire c'est que nous sommes partis sans prendre de maillots de bain ou de chapeaux de soleil, par exemple. Seb adore nager. Enfin, il adorait. S'il pouvait se baigner, cela lui ferait peut-être du bien.

Elle redressa un peu plus le menton.

— Y a-t-il une boutique où je pourrais acheter ce dont nous avons besoin ? J'ai aperçu des maisons au loin, en…

— Non, il s'agit d'un simple village, la coupa-t-il. Vous désirez sans doute que je vous emmène en hélicoptère sur une île plus importante. Ou sur le continent ?

— Non, merci, répondit Amélie à la hâte.

Pas question d'affronter la foule de touristes armés d'appareils photo. Il suffirait que l'un d'entre eux la reconnaisse pour que les journalistes se lancent à leur recherche.

— Ce serait trop risqué, ajouta-t-elle d'une voix douce.

Il hocha la tête.

— Si vous désirez des choses simples et que cela ne vous dérange pas que quelqu'un d'autre les achète pour vous, ma gouvernante pourrait s'en charger. Le poisson nous est fourni par les pêcheurs locaux, et la plupart des fruits et légumes sont cultivés sur place, mais nous nous approvisionnons également par bateau. Je ne peux pas vous garantir que les vêtements et accessoires seront aussi…

— Ce que Sofia pourra se procurer sera parfait, j'en suis certaine, l'interrompit Amélie. Merci beaucoup. Je vais aller lui en parler tout de suite.

En fin d'après-midi, Lambis quitta son bureau et se rendit sur la grande terrasse du rez-de-chaussée. De là, il les aperçut aussitôt et songea qu'ils formaient décidément un drôle de couple.

Immobile, il contempla le petit garçon trop calme et la superbe naïade qui bavardait avec animation tout en construisant un château de sable.

Quelque chose de « simple », avait-elle convenu. Eh bien, c'était réussi ! Il aurait été prêt à parier que ce bikini vert tirant sur le jaune acidulé avait été choisi par Costa, le livreur qui leur apportait les provisions chaque jour. C'était forcément un homme qui avait jeté son dévolu sur ce maillot quasi inexistant.

Ce genre de « vêtement » avait été conçu pour faire fantasmer et pour être enlevé en un tournemain. Il suffisait de tirer sur les liens nouant le haut derrière la nuque et dans le dos, et le bas sur les hanches.

Sa virilité réagit sans aucune ambiguïté, faisant littéralement rugir sa libido en lui. Il connaissait Amélie depuis longtemps, mais à St. Galla il l'avait toujours vue en robe de soirée ou en tenue élégante et chic. Et depuis son arrivée chez lui, elle avait porté des vêtements simples, même si ceux-ci ne venaient pas de n'importe où.

En tout cas, il ne l'avait jamais vue ainsi, presque nue.

Lambis se pencha et s'appuya à la balustrade, en proie à un soudain vertige.

Le monde entier avait pu contempler sa beauté. Quant à lui-même, il avait vite compris que la ravissante princesse était trop désirable pour sa tranquillité d'esprit. Mais maintenant qu'il découvrait presque intégralement son corps à la peau claire, ses courbes superbes, ses seins haut perchés près de jaillir de l'étoffe les dissimulant à peine, sa taille si fine qu'il aurait pu l'entourer de ses mains…

Un étau lui enserra la poitrine, et son pouls lui martela les tempes. Il se sentit à l'étroit dans son jean.

Il était resté enfermé dans son bureau toute la journée, s'immergeant dans le travail, jusqu'au moment où il s'était reproché de négliger ses invités et avait décidé d'aller passer un moment avec eux.

Mais à présent, impossible d'aller les rejoindre. Il avait réussi autrefois à convaincre Amélie qu'elle ne l'intéressait pas, mais elle n'était pas aveugle. Il lui suffirait de baisser les yeux sur son entrejambe pour comprendre qu'il la désirait.

Et ensuite ? Ensuite, elle s'enfuirait en courant. Ou bien si, par miracle, elle lui pardonnait son attitude et partageait le désir qui le consumait…

Non, c'était impensable. Une telle liaison conduirait forcément à la catastrophe. Car il ne pourrait jamais lui offrir ce qu'elle attendait de lui. Et s'il commettait l'erreur de se rapprocher d'Amélie, il craignait fort de perdre peu à peu tout contrôle sur sa vie organisée et compartimentée avec soin.

Lambis se retourna et rentra dans la villa, en proie à la sensation de regret et d'amertume qui était devenue quasiment une seconde nature pour lui.

6.

Une sorte de routine s'installa rapidement. Chaque matin au lever du soleil, Lambis allait à la plage, comme maintenant, et nageait vigoureusement pour tenter de chasser les souvenirs de la nuit qui ne lui avait pas apporté grand repos.

Lorsque Amélie et Sébastien quittaient leur suite, il était déjà dans son bureau, dirigeant son entreprise à distance en liaison permanente avec ses assistants.

Plus tard, il allait rejoindre ses invités à l'heure du déjeuner. C'était sa façon d'aider Sébastien à sortir de son mutisme et de son repli sur lui-même, tout en étant conscient de ne pas pouvoir faire grand-chose pour le petit garçon — et son impuissance se voyait confirmée quand celui-ci évitait systématiquement son regard.

L'après-midi et le soir étaient consacrés au travail — et à ses efforts pour ne pas penser à Amélie, en vain la plupart du temps.

Même à présent, tandis qu'il nageait un crawl énergique dans les eaux transparentes de la baie, il songeait à elle et non à ses affaires ni à son proche voyage à Los Angeles ou aux opportunités se présentant en Asie.

Lambis prit la direction du rivage et se mit à marcher dans les vagues en secouant la tête. Les gouttelettes miroitèrent au soleil, déjà haut.

Il était plus tard que d'habitude, Amélie et Sébastien allaient bientôt se lever, mais il avait eu besoin de prolonger cette séance. Rester enfermé dans son bureau toute la journée ne lui ressemblait pas. Il avait toujours été quelqu'un de physique, perpétuellement en action, ce qui l'avait amené à suivre le même chemin que son père, garde du corps, et à travailler quasiment jour et nuit pour le père d'Irini.

Il passerait un moment dans la salle de musculation, décida-t-il en s'avançant sur la plage. Fermant un instant les paupières, il s'arrêta et renversa la tête en arrière pour mieux savourer la caresse du soleil sur sa peau. Oui, il ferait plus d'exercice, dorénavant. Après, il se sentait toujours merveilleusement bien.

À tel point qu'il souriait, réalisa-t-il. Jusqu'à ce qu'il rouvre les yeux et aperçoive la silhouette assise sur le sable, recroquevillée sur elle-même.

Il poussa un juron étouffé. Les genoux serrés contre lui, les bras entourant ses jambes, Sébastien s'était installé juste à côté de la serviette de plage de Lambis.

Cependant, le petit garçon ne leva pas la tête vers lui quand il s'approcha. Il continua de fixer un point au loin, le regard vide.

— Bonjour, Seb.

Lambis s'éclaircit la voix.

— Tu t'es levé tôt, ce matin.

Il se pencha pour prendre sa serviette et se frotta les cheveux.

— Tu ne te baignes pas ?

Pas de réponse. Il aurait dû y être habitué, mais son cœur se serra. Sébastien l'entendait-il, ou était-il complètement emmuré dans son chagrin ?

Ce devait être très dur pour Amélie de voir son neveu dans cet état en permanence, chaque jour et à chaque instant. Mais elle ne baissait pas les bras et ne perdait pas espoir. Comment faisait-elle ?

Tout en s'essuyant les épaules et le dos, il se tourna vers la mer.

— C'est le meilleur moment de la journée pour nager. La température de l'eau est idéale.

Il se traita mentalement d'idiot. Parler pour ne rien dire n'avait jamais été son style. D'autre part, il n'était pas qualifié pour faire sortir de sa coquille un enfant ayant subi un grave traumatisme. Et Amélie se trompait ; il n'existait aucun lien particulier entre lui et Sébastien. En outre, même s'il avait souhaité se rapprocher du petit garçon — ce qui n'était pas le cas —, il n'aurait su comment faire.

Autrefois, ça aurait été différent.

Lambis s'immobilisa et retint son souffle en sentant une souffrance familière se déployer en lui. Ce temps-là était révolu. Sa capacité à se lier avec autrui, à éprouver de la tendresse, avait été emportée par l'ouragan qui avait dévasté sa vie.

Quand on perdait femme et enfant, on devenait un autre homme.

Un bruit distant de moteur attira soudain son attention. Ce n'était pas un avion, se dit-il en fronçant les sourcils. Et aucun habitant de l'île ne possédait de vedette.

Se tournant vers le sud, il plissa les yeux dans la direction d'où venait le vrombissement. Deux secondes plus tard, un puissant hors-bord flambant neuf apparut dans la baie, suffisamment loin, cependant, pour ne pas les déranger. Mais cette interruption inattendue n'en gâcha pas moins la pureté de ce petit matin paisible.

L'embarcation ne fit pas cap vers le rivage, ne ralentit pas non plus. Sans doute de simples vacanciers séjournant sur une île voisine et s'amusant avec leur dernier joujou. Lambis décida de le faire néanmoins rechercher et identifier dès qu'il aurait regagné la villa. Il ne prendrait aucun risque. Rien ni personne ne viendrait troubler la tranquillité d'Amélie et Sébastien.

Alors qu'il repensait à une information importante à communiquer à son assistant, il sentit un léger mouvement derrière lui et se retourna.

Sébastien s'était levé et, la bouche grande ouverte et les yeux exorbités, suivait le hors-bord d'un doigt tendu.

Il tremblait de la tête aux pieds et avait du mal à respirer.

Faisait-il une crise d'asthme ? Avait-il une réaction allergique ?

Sans réfléchir, Lambis s'agenouilla devant lui.

— Sébastien ? Que se passe-t-il ?

Il se força à se calmer et reprit, plus doucement :

— Regarde-moi, Seb. Tu peux respirer ? Fais non de la tête, si tu n'y arrives pas.

Fallait-il le transporter à la villa ? Appeler l'hôpital et l'y emmener en hélicoptère ?

Sébastien ne le regardait pas. Toute son attention était concentrée sur le hors-bord qui disparaissait au loin. Ses lèvres remuaient, non comme s'il cherchait à aspirer de l'air mais plutôt comme s'il parlait, de façon muette.

Avait-il de la fièvre ? Lambis lui posa la main sur le front, mais celui-ci était frais.

Il bascula sur ses talons, perplexe, lorsque soudain il comprit le mot qu'articulait le petit garçon.

« Maman. »

Il pensait à sa mère, à ses parents — et à un autre hors-bord, pas rouge, celui-là, mais blanc et vert, aux couleurs de St. Galla, qui avait traversé une autre baie, heurté un obstacle immergé et viré à angle droit, avant d'aller se briser avec fracas sur les rochers.

Le puissant engin avait littéralement explosé, dans un vacarme assourdissant.

Resté sur le quai avec sa tante, Sébastien avait tout vu.

Lambis le prit doucement par les épaules.

— Tout va bien, Seb. N'aie pas peur.

L'enfant ne tremblait plus, il était raide comme du bois, les muscles tendus à craquer. Il suffoquait, à présent, mais Lambis comprit que c'était l'émotion et la souffrance qui l'étouffaient.

— Tu penses à ta maman et à ton papa, dit-il à voix basse. Ce ne sont pas eux qui étaient dans le bateau que nous venons de voir, Seb. Je te le promets.

La détresse du petit garçon s'engouffra en lui.

Sébastien savait-il que ses parents étaient partis pour toujours ?

Lambis regarda ses yeux verts brillants, sentit les sanglots secouant son corps frêle et cessa de se demander comment il allait gérer la crise. Cédant à son instinct, il prit Sébastien dans ses bras et s'assit sur le sable chauffé par le soleil.

Les larmes jaillirent, roulèrent en silence sur les joues trop pâles du petit garçon.

Toute parole était impuissante devant pareille souffrance. Sébastien avait besoin de réconfort physique, de chaleur humaine.

— Tout va bien, répéta Lambis en le berçant contre lui. N'aie pas peur, je suis là et tante Amélie aussi.

L'enfant était si frêle, si vulnérable, que Lambis sentit quelque chose se rompre en lui. Il se mit à chuchoter en grec, les seuls mots de tendresse et d'amour qu'il connaissait lui venant plus facilement dans sa langue maternelle. En outre, Sébastien les comprenait puisque Irini lui avait appris le grec.

Pour la première fois depuis une éternité, Lambis ne se censura pas. Il laissa libre cours à ses émotions. Son unique préoccupation était le petit bonhomme malheureux sanglotant dans ses bras.

Peu à peu, la tension étreignant Sébastien parut se relâcher, sa respiration hachée s'apaisa, et ses larmes cessèrent de couler.

Puis l'enfant fit une chose qui bouleversa Lambis. Ses petites mains nichées sous le menton, il se blottit contre lui, tourna la tête et pressa sa joue humide contre la poitrine de Lambis.

Le temps sembla s'arrêter. L'intimité de ces instants l'émut au plus profond de son être.

Refoulant les souvenirs qui remontaient en lui, Lambis se concentra sur le garçonnet qui avait besoin de lui et lui chuchota des mots rassurants.

Amélie s'immobilisa. Elle sortait de la villa lorsqu'elle avait entendu le hors-bord, puis aperçu le puissant engin et vu la réaction de Seb. Mais au moment où elle allait s'élancer vers lui, Lambis avait fait ce qu'il fallait.

En proie à un véritable tourbillon d'émotions, elle contempla l'enfant minuscule blotti dans les bras du géant courbé au-dessus de lui pour le protéger.

Elle avait cru Lambis indifférent au sort de Seb, elle l'avait pris pour un homme sans cœur et s'était lourdement trompée. Sa voix lui parvenait, douce, affectueuse. Méconnaissable. Amélie ne comprenait pas ce qu'il disait, mais ce n'était pas nécessaire. La tendresse exsudait de ses paroles, qu'il répétait comme une litanie, une berceuse.

Sa poitrine se serra douloureusement, et ses lèvres se mirent à trembler. Elle désirait être tenue ainsi, être rassurée par un homme comme Lambis. Elle brûlait du besoin de savoir qu'elle n'était pas seule, qu'il partageait sa peine, son fardeau.

Elle se força à refouler l'émotion insensée qui la gagnait, mais le tableau s'offrant à ses yeux ne l'y aida pas. Naguère, elle avait cru aimer l'homme qui consolait Seb comme un père l'aurait fait avec son propre fils.

En d'autres circonstances…

Non ! elle ne s'égarerait plus dans de tels territoires. Elle était plus forte que cela.

Amélie traversa la terrasse et s'avança sur la plage. Son ombre effleura Lambis qui tourna la tête vers elle. Il avait le regard sombre et voilé par l'émotion. Jamais elle ne lui avait vu l'air aussi… bouleversé.

— Regarde qui est là, Sébastien. Ta tante Lili. Je ne t'avais pas dit qu'elle allait venir nous retrouver ?

Le silence de Seb ne la découragea pas, mais elle fut parcourue d'un frisson glacé en découvrant le visage de son neveu. Il avait les joues souillées de larmes, les yeux rouges et gonflés.

— Seb, mon chéri, dit-elle en se laissant tomber à genoux à côté d'eux.

Elle tendit la main et lui ébouriffa les cheveux.

— Le bateau t'a fait peur ?

Un long soupir tremblant s'échappa des lèvres de Seb, puis, au grand étonnement d'Amélie, il hocha la tête.

Le mouvement avait été imperceptible, mais net. Le cœur battant d'espoir, elle tourna les yeux vers Lambis. Il était si proche d'elle que son souffle lui caressa la joue.

Tout sembla alors s'arrêter, en elle et autour d'elle. Amélie eut l'impression de tout voir en gros plan. Les longs cils noirs à demi baissés de Lambis, le grain de sa peau hâlée, l'ombre recouvrant sa mâchoire.

Ses effluves mâles et épicés mêlés à ceux de la mer l'assaillirent, puissants, sensuels. Envahie par un trouble incontrôlable, elle reporta toute son attention sur Seb qui, ébloui par le soleil, la regardait en clignant des yeux.

Elle sentit son cœur déborder d'amour. Elle aurait fait n'importe quoi pour son neveu, pour garantir son avenir… Mais le futur pouvait attendre. Le plus important était pour l'instant de l'aider à se remettre du choc horrible qu'il avait subi.

— Tu n'as pas à avoir peur, mon chéri. Tu es en sécurité ici, avec Lambis et moi.

Amélie sourit vaillamment.

— Et si on rentrait prendre le petit déjeuner, maintenant ?

Sur ces mots, elle se redressa et se pencha pour le soulever dans ses bras, mais Lambis secoua la tête.

— Je vais le porter. D'accord, Seb ?

Médusée, elle vit le petit garçon hocher de nouveau la tête. Un vertige la saisit, si vif qu'elle vacilla un instant.

— Amélie ? Vous vous sentez bien ?

— Oui, oui, répondit-elle à la hâte.

Quelle idiote. Elle aurait dû se réjouir, au contraire.

— Allons manger quelque chose, reprit-elle sans regarder Lambis.

— Bonne idée, répliqua-t-il. Après avoir nagé, je meurs toujours de faim.

Puis avec une souplesse de félin, il se releva en tenant Seb dans les bras et se dirigea vers la villa.

Amélie le suivit, les yeux rivés à ses larges épaules. Chaque pas faisait jouer sa puissante musculature, exacerbant sa virilité. Mais ce n'était pas qu'une question de taille ou de force physique, cela venait de l'assurance émanant de toute sa personne, comme une aura.

Au fil du temps et des épreuves, Amélie avait appris à ne se reposer sur personne — elle était le roc sur lequel s'appuyaient les autres —, mais soudain elle ressentait le désir poignant de s'en remettre entièrement à cet homme superbe, corps et âme.

Elle se ressaisit aussitôt. Lambis avait beau être terriblement attirant, il n'était pas pour elle.

Amélie s'arrêta sur le seuil du bureau dont la porte était grande ouverte. Le soleil inondait la pièce, caressant les meubles, peu nombreux.

Debout devant la fenêtre, Lambis lui tournait le dos, parlant au téléphone en grec, si bien qu'elle en profita pour promener son regard dans son espace. L'aménagement en était très simple, spartiate. Sol de marbre clair, murs blancs. Sur l'un d'eux s'étalait une immense photo spectaculaire représentant le sommet d'une montagne sur le flanc de laquelle on distinguait une minuscule silhouette agrippée à la roche.

Quand elle s'avança d'un pas, Lambis se figea. Deux secondes plus tard, il mit fin à sa conversation téléphonique et fit volte-face.

— Excusez-moi de vous déranger…, commença Amélie d'une voix à peine audible.

Elle s'éclaircit la voix avant de poursuivre

— Je voulais simplement vous remercier pour ce matin.

C'était une erreur de venir le trouver dans son bureau. Non seulement il la dominait, mais elle ne pouvait s'empêcher de promener le regard sur le corps musclé qu'elle avait pu contempler dans toute sa splendeur quelques heures plus tôt.

— Vous n'avez pas à me remercier, dit-il d'un ton brusque. N'importe qui aurait fait la même chose à ma place.

— Peut-être. Mais je suis heureuse que vous ayez été là. Seb dormait profondément — ou du moins je le croyais — quand je suis allée prendre une douche. Sachant à quel point vous tenez à préserver votre intimité, j'attendais que vous soyez revenu de la plage pour sortir.

Il la dévisagea en plissant le front, l'air interloqué. Ou méprisant ?

— C'est pour cela que vous restiez dans votre suite ?

Amélie se contenta d'un haussement d'épaules. Il lui avait bien fait comprendre qu'il ne voulait pas de leur compagnie, non ? Il les rejoignait seulement au moment du déjeuner.

— Cela me semblait plus simple, répondit-elle enfin.

Un éclat fugace traversa les yeux gris de Lambis, puis il fourragea avec impatience dans ses cheveux.

— C'est vous ? demanda-t-elle en désignant la photo encadrée.

— Non. Je ne suis pas narcissique.

Il s'interrompit un instant avant d'ajouter :

— J'ai pris cette photo depuis le pic voisin.

Ah...

— Vous souhaitiez me parler d'autre chose ?

Amélie se raidit. Avait-elle vraiment cru que ce qui s'était passé ce matin-là changerait quelque chose ?

— J'avais espéré vous persuader de dîner avec moi pour que nous puissions discuter tranquillement.

Aucune réaction.

— Mais c'est sans importance, continua-t-elle. Excusez-moi encore de…

— Vous n'avez pas à vous excuser, la coupa-t-il d'une voix plus grave que d'habitude.

— Si. Je vous ai accusé d'être insensible. Je pensais que votre affection pour Irini n'égalait pas celle qu'elle ressentait à votre égard et que Seb ne représentait rien pour vous.

Lambis la fixait, figé, l'air impassible.

— C'est de cela que je tenais à m'excuser, reprit-elle. Je m'étais trompée à votre sujet.

La gorge soudain nouée, Amélie s'interrompit un instant.

— Vos raisons de protéger votre intimité ne regardent que vous, mais ce que j'ai vu sur la plage ce matin…

Elle se tut de nouveau en secouant la tête.

— Non, n'importe qui n'aurait pas fait la même chose à votre place. Ce que j'ai vu, c'était… de l'amour.

Ses paroles semblèrent flotter dans le silence. Et ce n'était pas un silence bienveillant ; il vibrait de la tension émanant de Lambis.

— Vous avez aidé Seb au moment où il en avait besoin. Et c'est tout ce qui compte.

Elle soutint son regard dur et impénétrable.

— Je voulais aussi vous demander s'il pourrait passer un peu plus de temps avec vous. Ce qui s'est produit ce matin a été décisif pour lui, il a franchi un pas très important, et je ne voudrais pas qu'il…

— Je comprends. Vous espérez qu'il va continuer à se détendre et sortir progressivement de son mutisme.

Lambis le lisait dans ses beaux yeux verts, le percevait dans l'ébauche de sourire timide apparaissant sur sa bouche sensuelle.

— Ne surestimez pas ce qui est arrivé ce matin,

poursuivit-il d'un ton délibérément dur. Je ne suis pas un faiseur de miracles.

C'était même plutôt le contraire. Cependant, il se sentait moins sûr de lui, à présent. L'épisode intense de la plage avait réveillé en lui des émotions et des désirs qu'il avait chassés de sa vie depuis longtemps.

Tout cela le remuait. Quoi qu'il fasse, dans quelque direction qu'il oriente ses pensées, il avait l'impression que ses émotions se refermaient sur lui, près de l'enchaîner.

— Mais vous n'allez pas l'abandonner maintenant, n'est-ce pas ? demanda-t-elle d'une voix étouffée.

Lambis sentit un poids terrible s'abattre sur ses épaules. Mais comment aurait-il pu abandonner Sébastien, en effet ? Et pourtant il hésitait à s'engager. En même temps, il voyait bien qu'Amélie était épuisée et qu'elle avait besoin de partager le fardeau qu'elle portait depuis la mort de Michel et Irini. Et sans doute déjà auparavant.

— Je ferai de mon mieux pour l'aider, dit-il avec effort.

C'était fait. Impossible de revenir en arrière, désormais.

Le visage d'Amélie s'illumina.

— Merci, Lambis.

L'espace d'un bref instant, elle parut sur le point d'ajouter quelque chose, puis se ravisa et hocha simplement la tête avant de se retourner et de quitter la pièce.

Il la regarda disparaître, certain de la décevoir tôt ou tard. Il n'y pouvait rien. C'était sa malédiction.

Il avait causé la mort de sa mère en arrivant au monde.

À cause de lui, sa femme et son fils étaient décédés prématurément.

Et il avait été incapable de protéger Irini et son époux.

La culpabilité lui collait à la peau, et ce depuis toujours. Et pourtant, Amélie, la douce, la belle et courageuse Amélie, voyait en lui un protecteur, un sauveur.

Et le pire de tout, c'était qu'il n'avait pas eu la force de la détromper. Parce qu'en dépit de ses efforts acharnés ni les années ni la distance n'étaient parvenues à détruire ses sentiments pour elle.

Non seulement Amélie lui était toujours aussi chère, aussi précieuse, mais il la désirait autant qu'autrefois, voire davantage.

Et il craignait de ne plus pouvoir brider bien longtemps l'attraction mystérieuse et invincible qui le poussait vers elle.

7.

Amélie lissa sa robe rose corail sur ses cuisses et remarqua qu'elle avait les mains légèrement moites.

Elle se sentait nerveuse uniquement parce que l'invitation à dîner de Lambis l'avait surprise, se répéta-t-elle. Elle le revit se diriger vers eux alors que, installée dans un transat confortable, elle lisait une histoire à Seb, assis au bord de la piscine, immobile et silencieux.

Vêtu d'un seul short de bain noir, Lambis paraissait encore plus imposant, presque menaçant. Son aura virile et sensuelle avait quelque chose de… provocant qui l'avait fait frissonner au plus profond de son être.

Après lui avoir proposé de dîner avec lui ce soir-là, il s'était concentré exclusivement sur Seb. Assis à côté de lui, il lui avait parlé de l'île, des habitants du village, de la villa qu'il avait fait construire. Seb n'avait pas prononcé un mot ni esquissé l'ombre d'un sourire, mais il avait ponctué les explications de Lambis de plusieurs petits hochements de tête timides.

Revenant au présent, Amélie traversa la terrasse, tourna sur la gauche suivant les instructions de la gouvernante et découvrit une cour donnant directement sur la plage. Des bougainvillées aux couleurs éclatantes couraient sur la tonnelle, renforçant l'impression d'intimité émanant de l'endroit, des parfums exotiques montaient des jardins, suaves et entêtants.

Elle s'arrêta, troublée par l'atmosphère romantique se dégageant du lieu. Mais elle se trompait, réalisa-t-elle aussitôt. Car en plus des bougies dont la flamme ondulait doucement, il y avait des lampes un peu partout. De toute évidence, Lambis ne voulait pas de malentendu et tenait à bien lui montrer qu'il ne s'agissait pas d'un rendez-vous galant.

— Bonsoir, Amélie.

Elle se retourna, le cœur battant. Tout de noir vêtu et rasé de près, Lambis était d'une beauté impressionnante, irrésistible.

Quand il s'arrêta devant elle, ses yeux gris descendirent lentement sur sa robe, ses ballerines plates, puis remontèrent se poser un bref instant sur sa gorge et croisèrent bientôt son regard.

— Merci d'avoir accepté de dîner avec moi.

— Je vous en prie, répliqua-t-elle en inclinant la tête.

De façon stupide, elle était mal à l'aise et avait un peu de mal à respirer, comme si son aptitude à garder son sang-froid en toutes circonstances l'avait subitement désertée.

L'air parfaitement à l'aise, Lambis l'invita à s'asseoir, lui servit un verre de vin et lui expliqua que le poisson avait été pêché le jour même.

De son côté, Amélie continuait à se sentir aussi nerveuse et gauche qu'une adolescente à son premier rendez-vous amoureux. Son embarras était causé par les changements surprenants survenus chez Lambis, se convainquit-elle. Son attitude vis-à-vis de Seb, puis cette invitation à dîner…

— Merci, Lambis, dit-elle en le regardant dans les yeux. Je sais que notre présence vous dérange, alors je vous suis doublement reconnaissante d'aider Seb.

— *J'essaie* de l'aider, la corrigea-t-il après un léger silence. Il n'y a aucune garantie de résultat.

Il plissa le front avant d'ajouter :

— La seule à pouvoir vraiment l'aider, c'est vous. Il vous aime profondément. Moi, je suis presque un étranger pour lui.

— Jusqu'à présent, je ne suis pas parvenue à faire grand-chose pour lui, répliqua-t-elle en secouant la tête.

— Ne sous-estimez pas ce que vous avez fait.

Sa voix grave avait pris une intonation soyeuse qui fit courir des petits frissons délicieux sur les bras nus d'Amélie.

— Vous avez toujours été là pour lui, poursuivit-il. Il vous adore. Et je ne suis pour rien dans ce qui s'est passé ce matin. C'est le choc provoqué par l'apparition de ce hors-bord qui a fait sortir Sébastien de son repli sur lui-même.

— Peut-être, mais il réagit, quand vous lui parlez. Vous l'avez toujours attiré.

Tout comme il l'avait toujours attirée, elle, Amélie.

— Je représentais une nouveauté pour lui.

— Il y a davantage que cela, répliqua-t-elle en baissant les yeux sur son assiette. Michel adorait son fils, mais après son accession au trône, il a subi toutes sortes de pressions. Il ne pouvait pas accorder beaucoup de temps à Seb.

S'interrompant, elle porta un morceau de poisson à sa bouche. Après en avoir savouré le goût raffiné, elle reprit :

— Depuis la mort de mon père, St. Galla est en proie à une lutte de pouvoir entre les progressistes, déterminés à modifier notre constitution et à moderniser le pays, et des éléments plus conservateurs.

Elle pinça un instant les lèvres en songeant au Premier ministre qui avait contrecarré toutes les tentatives de réformes initiées par Michel.

— Irini y avait fait allusion, en effet, acquiesça Lambis.

— À cause de son jeune âge — et du fait que les gens étaient habitués à la façon de gouverner de mon père —, Michel devait travailler deux fois plus pour convaincre le Parlement qu'il avait raison de vouloir changer l'ordre des choses. Par conséquent, Seb ne voyait pas ses parents aussi souvent qu'ils l'auraient désiré tous les trois.

— Alors vous les avez remplacés.

— Irini et Michel ont vraiment fait de leur mieux. Mais il était naturel qu'ils souhaitent être ensemble tous les deux. Ces moments d'intimité étaient rares et donc encore plus précieux.

— N'aviez-vous pas droit à une vie privée vous aussi ?

Surprise par le tranchant de sa voix, Amélie leva les yeux vers lui.

— J'en avais une, répondit-elle en plissant le front.

Il plongea le regard dans le sien.

— Ce n'est pas le souvenir que j'ai de vous, protesta-t-il. Vous étiez toujours disponible pour eux, prête à les conseiller quand ils en avaient besoin. Vous vous occupiez des rendez-vous, des cérémonies, des réceptions et autres manifestations officielles, le tout en gardant Sébastien…

Elle reposa bruyamment ses couverts sur son assiette.

— Sous-entendez-vous par là que je me mêlais de ce qui ne me regardait pas ?

Ne comprenait-il pas qu'elle avait au contraire fait de son mieux pour se retirer des fonctions assumées durant le règne de son père, lequel avait profité sans scrupule de son dévouement, tout en aidant le jeune couple royal à trouver ses marques ?

— Non, répondit Lambis avec calme. Je dis simplement que vous portiez un énorme fardeau sur vos épaules. Vous avez endossé une bonne part des responsabilités d'Irini en plus des vôtres et vous avez en outre secondé votre frère. Je l'ai constaté par moi-même — et Irini m'a avoué qu'elle ne se sentait pas à la hauteur.

— Ce n'est pas facile de devenir reine.

— Non, certes. Je regrette seulement qu'elle n'ait pas su tenir tête plus souvent à Michel.

Il faisait allusion au jour de leur mort, comprit Amélie. Irini ne voulait pas que son mari essaye le nouveau hors-bord, mais elle avait fini par lui céder.

— Il s'agissait d'un accident, dit-elle en se redressant sur son siège. Michel n'y était pour rien. Personne n'aurait pu prévoir ce qui est arrivé.

Après un léger silence, Lambis hocha la tête.

— Oui, un accident.

Désireuse d'oublier les regrets qui revenaient la hanter dès qu'elle se remémorait ce jour funeste, Amélie prit son verre de vin en demandant d'un ton détaché :

— Comment vous est venue l'idée de bâtir sur cette île ? Êtes-vous né ici ?

Il resta muet, perdu dans ses pensées. Puis un petit sourire remonta au coin de ses lèvres, suscitant un frisson exquis au creux des reins d'Amélie.

— En fait, c'est à cause d'un autre accident. Le père d'Irini a grandi ici, avant de partir faire fortune.

— Vraiment ? Je n'en savais rien. Irini n'y a jamais fait allusion devant moi.

— Elle a vécu principalement sur le continent. Mais son père avait fait construire une villa exactement à cet endroit, pour les vacances.

— Vous la lui avez achetée ?

Lambis secoua la tête avant de porter son verre à ses lèvres.

— Il me l'a donnée, répondit-il un instant plus tard. Avant de m'accorder ensuite un prêt qui m'a permis de monter ma propre entreprise. C'est grâce à lui que je suis devenu ce que je suis.

— Je ne comprends pas. Je croyais que vous aviez travaillé pour lui ?

— En effet, acquiesça-t-il en hochant la tête. Mon père était le chef de sa sécurité, et ma mère la gouvernante de sa maison d'Athènes. C'est comme cela que j'ai connu Irini. Nous avons grandi sous le même toit et étions très proches, en dépit de notre différence d'âge.

— Mais pourquoi son père vous a-t-il donné cette villa ?

— Après ma scolarité, j'ai travaillé pour lui comme garde du corps, expliqua-t-il en contemplant son assiette. Un jour, il y a eu un incendie, à cause d'une défaillance du système de sécurité qui a empêché les détecteurs de fumée de se déclencher. Les pompiers ont mis du temps pour arriver. Quand j'ai réussi à faire sortir le père d'Irini et tous les autres occupants de la villa, celle-ci était à moitié détruite par le feu.

— Vous les avez tous sauvés ?

Il leva la main et regarda la longue cicatrice fine qui en traversait le dos. Amélie l'avait remarquée, bien sûr, mais sans oser interroger Lambis sur son origine.

— Cela n'a pas été très difficile, une fois qu'ils ont été réveillés. Le danger était qu'ils soient asphyxiés par la fumée.

En réalité, son rôle avait sans doute été capital, mais il n'était pas homme à se vanter.

— Malheureusement, la villa a brûlé entièrement.

— Mais pour vous remercier, le père d'Irini vous a offert sa propriété ?

— Oui. Il ne souhaitait pas faire reconstruire ici et a choisi une île plus près d'Athènes. Et il m'a aidé quand j'ai voulu créer mon entreprise, ce dont je lui serai éternellement reconnaissant.

— Donc vous avez grandi à Athènes ?

— Oui, et dans d'autres endroits où mes parents sont allés s'installer. Mais pour les vacances, nous retournions toujours dans le Nord. Ils étaient originaires d'un village tout proche de la maison où vous avez passé la nuit.

— Vous en avez fait votre résidence principale ?

Une émotion intense se lut sur ses traits, avant de disparaître aussi vite qu'elle était apparue. Mais le regard de Lambis, presque chaleureux un instant plus tôt, était redevenu vide.

— Lambis ?

— Je passe une partie de l'année là-bas, dit-il en reprenant son verre. Je possède plusieurs maisons, à divers endroits.

Inutile d'insister, comprit Amélie. Il ne se confierait pas davantage.

— Parlez-moi de la cérémonie de proclamation, enchaîna-t-il. Quelqu'un ne peut-il pas faire ce discours à la place de Sébastien ? Accepter la couronne pour lui ?

76

— C'est principalement le régent qui prendra la parole, mais Seb devra s'exprimer lui aussi, prouvant ainsi qu'il a conscience de sa décision de devenir roi plus tard, quand il aura l'âge requis.

— Son régent ? Vous voulez dire sa régente ?

— Idéalement, oui.

— Mais ? demanda-t-il en fronçant les sourcils.

Amélie baissa les yeux sur son verre encore à moitié plein.

— Je croyais être la mieux placée et la mieux qualifiée pour assumer ce rôle, commença-t-elle.

— Bien entendu : vous êtes sa tante ! En outre, vous avez été le bras droit de votre père, puis de votre frère. Vous connaissez St. Galla mieux que personne.

— Tout le monde ne partage pas ce point de vue. Certains semblent même ne voir en moi qu'un… élément du décor, et une maîtresse de maison accomplie.

— Ceux qui pensent cela ne vous connaissent pas.

Frappée par la véhémence contenue dans sa voix, elle redressa la tête. Lambis était sincère. Il y avait de l'admiration dans ses yeux, constata-t-elle avec un immense plaisir.

Embarrassée, Amélie leva son verre et avala une petite gorgée de vin blanc.

— Merci, Lambis.

— C'est la vérité.

Il s'interrompit, fouillant son regard.

— Allez-vous enfin me dire ce qui ne va pas ?

Sa première réaction fut de jouer l'indifférence. Comme elle savait si bien le faire.

— Amélie ?

Après tout, elle pouvait bien se confier à Lambis. Il était l'être le plus discret et le plus méfiant qu'elle eût jamais rencontré.

— Le Premier ministre a clairement exprimé son inquiétude concernant la possibilité que Seb ait une *régente*, surtout si celle-ci est célibataire.

Elle refoula la bouffée de colère qui lui nouait soudain

la gorge au souvenir de l'attitude paternaliste du Premier ministre et de ses propos misogynes.

— Il estime que ce doit être un homme ou, à défaut, il accepterait que je devienne régente à condition que j'épouse un homme approprié.

— Votre Premier ministre est un imbécile ! Il ne pourrait trouver personne de mieux qualifié que vous pour ce rôle !

Amélie réprima le petit sourire qui lui venait aux lèvres.

— Quel est son problème, à ce type ? poursuivit Lambis. Il veut vous épouser, c'est cela ?

Cette fois, elle ne put s'empêcher d'éclater de rire.

— Non, pas vraiment. Il a plus de soixante ans !

Lambis la regarda en haussant un sourcil noir.

— Et alors ? Il ne serait pas le premier à tomber amoureux d'une belle femme plus jeune que lui.

On avait souvent fait l'éloge de sa prétendue beauté. Surtout dans la presse à scandale. Amélie avait un visage aux traits fins, un corps bien proportionné, mais ce qui passait pour de la beauté se résumait surtout aux bijoux et aux vêtements coûteux qu'elle portait, à son maquillage sophistiqué et à son assurance.

Or, le compliment de Lambis ne se référait pas à cela, comprit-elle d'instinct.

Un pétillement délicieux lui parcourut les veines, elle se sentit rosir…

— Notre Premier ministre est déjà marié, dit-elle d'une voix posée. À une femme des plus respectables, et qui est sans nul doute une épouse docile et obéissante. D'autre part, il a déjà émis son désir de se proposer lui-même comme régent.

— Évidemment ! s'exclama Lambis avec un mélange de dédain et de colère. Ce qu'il brigue, c'est le pouvoir !

— Oui. Cet homme a toujours été un intrigant, mais récemment il s'est immiscé dans des domaines qui ne le concernent pas.

La harcelant pour qu'elle épouse le roi Alex de Bengaria,

par exemple, et allant jusqu'à entamer des pourparlers avec celui-ci sans même l'en informer.

Ces initiatives l'irritaient au plus haut point. Elle avait dit un jour qu'elle accepterait *d'envisager* un mariage arrangé *si* elle et son promis s'entendaient bien, mais le Premier ministre la poussait sans cesse à s'engager, ne jugeant même pas indispensable qu'elle rencontre son fiancé avant la cérémonie !

Cet homme rétrograde semblait ignorer qu'on était au XXIe siècle…

— Ce n'est pas à lui de désigner le prochain régent, que je sache ! répliqua Lambis. Et il n'a pas le pouvoir de vous rayer de la liste, n'est-ce pas ?

Amélie frémit intérieurement.

— Je n'en suis pas certaine, c'est cela, le problème. Il bénéficie du soutien du Parlement dans sa quasi-totalité, et il n'y a encore jamais eu de régente à St. Galla. Notre pays entretient des idées quelque peu conservatrices sur la question féminine…

— Mais le peuple vous aime ! Il vous a toujours aimée !

— Oui, je suis populaire, mais dans cette affaire ce n'est pas le peuple qui décide. C'est un conseil royal privé, constitué principalement de politiques, qui prendra la décision finale. La majorité de ses membres sont des hommes d'un certain âge, dont la plupart soutiennent la politique du Premier ministre.

— Si je comprends bien, vous allez le laisser vous forcer la main ?

— Ce n'est pas aussi simple. J'ai l'intention de me battre pour Seb, pour son droit à accéder au trône et mon droit à devenir régente. La perspective de le voir formé par le Premier ministre ou par l'un de ses consorts m'est insupportable.

Soudain, c'en fut trop. La disparition de Michel et Irini, son inquiétude pour Seb, ses peurs pour l'avenir de celui-ci, tous les autres problèmes qui l'attendaient à St. Galla…

— Merci de m'avoir invitée à partager ce délicieux

repas, Lambis, dit-elle en se levant. Mais je crains d'avoir perdu l'appétit. Alors, si vous voulez bien m'excuser, je vais regagner ma chambre.

Au moment où elle se retournait, elle entendit Lambis repousser à son tour sa chaise, puis sentit une main chaude se poser sur son poignet.

— Attendez, ne partez pas.

L'espace d'un instant, Amélie se détendit, rassurée par ce simple contact et la chaleur se répandant dans son bras, puis Lambis laissa retomber sa main.

Aussitôt, elle fut submergée par une affreuse sensation de perte et de désolation.

Brusquement, elle comprit que la réaction de Lambis était… de la répulsion.

Qu'avait-elle de si repoussant ?

Envahie par une sorte de paralysie soudaine, elle contempla les lampes éclairant les jardins.

— Pourquoi, Lambis ? Qu'est-ce que j'ai ?

Les mots lui avaient échappé, alors qu'elle avait travaillé dur pour feindre l'indifférence quand, en de rares occasions, elle avait croisé Lambis après cet horrible été où il lui avait fait clairement comprendre qu'elle ne l'intéressait pas. Amélie s'était retranchée dans l'orgueil, forcée d'accepter qu'elle eût hérité d'une tare invisible qui la rendait incapable de retenir l'attention d'un homme qui lui plaisait. Jules l'avait quittée autrefois. Lambis l'avait rejetée…

— De quoi parlez-vous ?

Cédant à une impulsion, elle se retourna vivement vers lui.

— Pourquoi cette répugnance à me toucher ? Craignez-vous que je me trompe sur la signification de votre geste et croie que vous avez changé d'avis à propos de… de nous ?

Elle déglutit avec peine, mais ne se découragea pas, déterminée à en avoir le cœur net.

— Qu'y a-t-il en moi de si… Qu'est-ce que j'ai qui ne va pas ?

— Rien, Amélie, dit-il en plissant le front. Absolument rien.

— Vraiment ? insista-t-elle.

Lentement, Amélie leva le bras et lui effleura la joue du bout des doigts, comme elle avait tant de fois rêvé de le faire. Mais il recula aussitôt d'un pas.

— Ne vous donnez pas la peine de répondre, reprit-elle, gagnée par une profonde tristesse.

L'attitude de Lambis était plus éloquente que toute parole. Et après avoir évoqué les graves problèmes auxquels elle se trouvait confrontée, Amélie n'avait plus la force de lutter.

Quand elle se retourna de nouveau, il tendit le bras pour l'empêcher de partir, mais sans la toucher, cette fois.

— Vous voulez savoir pourquoi je ne vous touche pas ? demanda-t-il d'une voix rauque. Parce que je n'ose pas.

— Pardon ? murmura-t-elle, abasourdie. Je ne comprends pas.

— Non, c'est normal.

Il lui posa les mains sur les épaules pour la forcer à se retourner vers lui. Ils étaient si proches l'un de l'autre qu'elle sentit sa chaleur virile l'envelopper.

— J'ai essayé de vous résister, Amélie. Je pensais y avoir réussi, mais je n'y arrive plus. Pas quand vous êtes ainsi devant moi…

Une lueur incandescente traversa ses iris gris.

— Chaque fois que je vous vois, j'ai envie de vous toucher, et de bien davantage.

Amélie le dévisagea en retenant son souffle. Comme au ralenti, elle le vit pencher la tête… Ses yeux affichaient maintenant une teinte orageuse, des éclairs y scintillaient.

— Il n'y a rien qui cloche en vous, Amélie, murmura-t-il. Le problème, c'est moi. Et le fait que je brûle de faire ceci.

Sur ces mots, il la prit dans ses bras et l'embrassa avec passion en la serrant contre lui.

8.

Lorsque Amélie lui ouvrit ses lèvres, Lambis sentit son esprit se vider de toute pensée. La bouche douce et consentante s'offrant à la sienne avait un goût divin.

Il commettait une erreur phénoménale, il le savait. Tous deux regretteraient ce moment d'égarement.

Mais cette certitude n'empêchait pas le plaisir de se répandre en lui, dans tout son corps.

Lambis serra Amélie contre lui, se repaissant de sa chaleur de femme, de son parfum, aussi entêtant que celui des premières fleurs du printemps. Des petits gémissements qu'il recueillait avec ravissement sur sa langue.

Elle posa la main sur son torse, là où son cœur battait à un rythme sauvage, puis, lentement, glissa l'autre sous son col de chemise, exacerbant le désir qui le consumait.

Les doigts fins d'Amélie remontèrent sur son cou, en une caresse qui fit trembler Lambis de la tête aux pieds. Il voulait sentir ses doigts partout sur lui, explorer son corps mince et doux. Il voulait...

— Amélie..., murmura-t-il en écartant un instant les lèvres des siennes.

Il avait du mal à respirer. Cette femme merveilleuse détenait ce pouvoir sur lui. De lui faire perdre non seulement le souffle, mais l'esprit. Elle embrassait comme un ange. Non, comme une femme dont le désir égalait le sien — un désir qu'ils avaient réprimé durant trop longtemps.

La poussant doucement, il l'adossa à l'une des colonnes

soutenant la tonnelle et exulta quand elle creusa les reins pour mieux sentir son érection.

Il avait tant rêvé d'Amélie, passant des heures à se demander quel goût aurait sa bouche, ce qu'il éprouverait en lui faisant l'amour. Mais la fougue avec laquelle elle se donnait à lui dépassait ses plus folles attentes.

Comment aurait-il pu s'éloigner d'elle ? Pourquoi aurait-il dû renoncer à elle ?

Parce qu'elle méritait mieux que lui.

La réalité le transperça de part en part, telle une flèche empoisonnée. Le désir qu'il ressentait pour Amélie était si intense qu'il se demanda comment il parvenait à écarter sa bouche de la sienne.

Le souffle court, Lambis eut l'impression que son cœur s'arrêtait de battre.

La tête appuyée contre la colonne, la gorge offerte, les lèvres pleines et gonflées par leur baiser, le visage d'Amélie avait une expression si confiante, si abandonnée…

— Amélie, murmura-t-il de nouveau.

Ses paupières à la peau fine frémirent, puis son regard plongea dans le sien, brûlant de passion contenue, mais peiné et interrogateur.

Elle déglutit, se passa le bout de la langue sur les lèvres. Jamais il n'oublierait le goût de sa bouche, sa saveur exquise. Ce souvenir le tourmenterait jusqu'à la fin de ses jours.

— Lambis ? fit-elle en fronçant les sourcils. Parle-moi. Pourquoi me repousses-tu après m'avoir embrassée avec autant de fougue ?

Cette fois, il lui devait la vérité.

— Pourquoi m'as-tu embrassée ? insista-t-elle d'une voix plus ferme. Parce que tu t'ennuyais et que j'étais là, à ta disposition ?

— Non ! se récria-t-il en resserrant les mains sur sa taille fine. Tu ne peux pas croire une chose pareille !

Durant quelques secondes, elle le contempla en silence, l'air à la fois songeur et torturé.

— Tu es attiré par moi ? demanda-t-elle enfin.

La question lui avait coûté, devina-t-il en la voyant redresser le menton.

— *Attiré* par toi ? Je t'ai désirée dès le premier instant où je t'ai vue.

Elle battit des cils.

— J'ai du mal à le croire. Tu n'as jamais…

— Je me rappelle notre première rencontre, l'interrompit-il d'une voix rauque. Je bavardais avec Irini dans un salon du palais, et tu es entrée. Tu portais une robe sans manches, blanche, avec une large ceinture couleur de bronze. Des motifs de feuillages verts ornaient le bas de la robe.

Un rayon de soleil passait par la fenêtre, auréolant sa chevelure blonde d'un halo doré. Un parfum de printemps se dégageait de sa mince silhouette, et quand elle avait parlé du mariage de Michel et d'Irini, ses sublimes yeux verts s'étaient mis à briller de reflets d'émeraude.

Dès cet instant, Lambis avait su qu'elle était aussi belle au-dedans qu'au-dehors. Il avait senti un fol espoir naître en lui, absurde et vain. C'était à cause de cela qu'il avait résolu d'éviter Amélie.

— Tu te souviens de ces détails ? chuchota-t-elle.

— Oui.

Il se souvenait de tout, avec une précision inouïe.

— Je ne comprends pas…

Sa bouche tremblait. Une lueur confuse couvait dans son regard.

— C'est pourtant très simple. Je te désire, Amélie. Je t'ai toujours désirée.

Lambis ne put résister plus longtemps. Il voyait trop de souffrance et de doutes sur ses traits délicats. Sans plus réfléchir, il pencha la tête et, avec délicatesse, effleura ses lèvres sous les siennes.

*
* *

84

Lorsque la bouche de Lambis caressa la sienne, douce et ferme, le désir reprit aussitôt possession d'Amélie.

Elle aurait dû le repousser, exiger des explications, mais son contact l'électrisait.

Jamais personne ne l'avait tenue ainsi. Dans les bras de Lambis, elle se sentait délicieusement féminine, sexy, désirable. Elle avait eu un amant, Jules, mais elle n'avait jamais rien ressenti d'aussi intense avec lui.

Et pourtant, l'homme qui dévorait maintenant sa bouche, lui donnant envie de se perdre en lui corps et âme, était celui-là même qui l'avait rejetée trois ans plus tôt.

Il ne lui avait donné aucune explication sur son attitude passée, se contentant de lui avouer qu'il l'avait toujours désirée.

Quand il écarta le visage du sien, Amélie ne put réprimer un halètement. Ses seins réclamaient les caresses des mains de Lambis, de ses lèvres, de sa langue.

Soudain, il se raidit contre elle, lui enfonça les doigts dans la taille, puis recula d'un mouvement brusque, la laissant en proie à un cruel sentiment d'abandon.

— Que se passe-t-il, Lambis ?

Rien ne changea dans le regard ardent rivé au sien. Sentait-il qu'à cet instant elle le désirait plus que n'importe quoi au monde ? Que tout son corps le réclamait ?

— Tu dis que tu m'as toujours désirée et pourtant tu as évité de te retrouver seul avec moi pendant des années, comme si j'étais une pestiférée…

— Non, ce n'est pas cela.

— Tu as été très clair à l'époque. Tu ne voulais pas de moi, persista-t-elle avec une pointe d'irritation dans la voix. Tu m'as rejetée. Alors, ou bien tu mentais à ce moment-là, ou bien tu mens maintenant.

Un soupir profond s'échappa des lèvres de Lambis.

— Je ne mentais pas, mais je te désirais comme un fou.

Amélie croisa les bras dans l'espoir d'endiguer l'excitation provoquée par cet aveu.

— Et pourtant, tu m'as dit qu'il valait mieux que nous

ne nous fréquentions plus. Que ce serait une erreur de nous rapprocher l'un de l'autre.

— Tu désirais une relation à long terme, répliqua-t-il d'une voix sourde. Tu voulais m'aimer. Je ne pouvais être celui que tu voyais en moi.

À ce moment, elle commençait *déjà* à l'aimer. L'avait-il compris ?

— Sois plus clair, s'il te plaît. Tu me désirais, mais…

— Je te désire toujours. Je n'ai jamais cessé de te désirer. Mais je ne peux t'offrir ce que tu attends de moi. Je ne…

— Hé ! protesta Amélie en levant la main. Je ne t'ai jamais demandé de passer ta vie avec moi ! Je t'ai avoué que tu me plaisais et je t'ai proposé de rester plus longtemps à St. Galla pour que nous puissions mieux nous connaître.

Il lui avait fallu beaucoup de courage, pour se dévoiler ainsi !

— Veux-tu dire que tu étais prête à vivre une aventure sans lendemain avec moi ?

— Non ! Tu déformes mes paroles !

Il la regarda en hochant la tête, comme si elle venait de confirmer qu'il avait raison.

— C'est bien ce que je pensais. Tu n'avais pas parlé d'une relation permanente, mais c'est ce que tu espérais, au fond.

Sur ce point, il avait raison. Elle l'avait espéré. Ainsi qu'une foule d'autres choses.

— Alors tu m'as rejetée parce que…

— Parce que je ne suis pas l'homme dont tu as besoin.

— Comment peux-tu le savoir ? rétorqua-t-elle. Puisque tu n'as jamais envisagé de t'engager avec une femme.

Un changement stupéfiant se produisit en Lambis. Ses yeux gris perdirent tout éclat. Comme si une lumière intérieure s'était éteinte.

— J'ai essayé. Une fois. Ça n'a pas fonctionné, dit-il d'une voix blanche. Je ne peux promettre à aucune femme de l'aimer. Ce serait criminel de ma part.

Subitement, elle se rappela qu'Irini lui avait confié un

jour qu'il avait traversé une dure épreuve dans le passé, mais quand Amélie l'avait questionnée, Irini avait répondu qu'elle préférait ne pas en parler, que c'était trop personnel.

— L'amour n'est pas pour moi, Amélie. C'est impossible.

Cette fois, c'était de la souffrance pure qui se lisait dans ses yeux.

— La seule chose que j'aie à offrir, poursuivit-il en soutenant son regard, c'est de la passion. Et du plaisir.

— Tu veux dire du sexe et rien que du sexe ? s'entendit-elle demander. Ce n'est pas mon genre.

— Pourquoi pas ? Nous partageons le même désir, ne dis pas le contraire.

À ces mots, elle sentit une chaleur infernale naître au plus profond de sa féminité, se répandre entre ses cuisses…

— Nous ne ferions de mal à personne, continuat-il. Alors, pourquoi ne pas céder à l'attirance que nous ressentons l'un pour l'autre ?

La tentation fut si vive qu'Amélie en eut le vertige. Son corps répondait pour elle, il fondait, réclamait. Même après tout ce qui s'était passé trois ans plus tôt.

Fermant à demi les paupières, elle s'efforça de contenir les émotions contradictoires qui se bousculaient en elle.

— J'en ai entendu assez. Je vais me coucher.

Elle arrivait au milieu de la terrasse lorsque la voix de Lambis résonna dans la nuit.

— Réfléchis à ma proposition, Amélie.

9.

Amélie passa la moitié de la nuit à se tourner et à se retourner dans son lit. Même encore maintenant, alors qu'elle s'occupait de Seb, la proposition de Lambis ne cessait de la hanter.

Vivre une aventure avec lui, brûlante, passionnée — purement charnelle.

Son corps disait oui, dans ses moindres cellules. La chaleur traîtresse s'était installée partout en elle et palpitait. Son sexe frémissait, devenait moite.

Mais dans son cœur, Amélie pressentait le danger. Dès le premier regard échangé avec Lambis, elle s'était sentie attirée par lui, à tous les niveaux, jusqu'à ce qu'elle soit forcée de refouler ses sentiments.

La veille au soir, quand il lui avait avoué avoir connu un échec amoureux, elle avait partagé la souffrance qui se lisait dans ses yeux. Et ce n'était pas bon signe.

Et pourtant, la perspective de vivre une aventure avec lui la tentait, au mépris de toute logique, de toute prudence.

Elle pouvait bien se le permettre, après avoir dédié quasiment toute sa vie aux autres, non ? Son seul acte de rébellion avait été de vouloir quitter St. Galla pour suivre des études. Mais même cela lui avait été refusé. Son père avait accepté qu'elle s'inscrive dans une université à condition qu'elle ne s'éloigne pas, de façon à rester disponible pour lui et à continuer à lui servir d'hôtesse. Aussi Amélie avait-elle opté pour le campus de St. Galla, sans jamais être totalement intégrée aux autres, qui la voyaient participer à des manifestations officielles couverte de joyaux et portant des toilettes somptueuses.

Seul Jules l'avait traitée comme une jeune fille normale. Paisible étudiant en médecine, il lui avait fait la cour et l'avait séduite. Leurs étreintes charnelles étaient plus tendres que passionnées, mais Amélie avait été si éprise, si charmée par les nouvelles perspectives s'ouvrant devant elle, que cela ne l'avait pas dérangée.

Jusqu'au jour où son père était intervenu, déclarant qu'il était inconcevable qu'une princesse épouse un roturier. Amélie lui avait tenu tête, avant de découvrir que Jules avait déjà renoncé, effrayé par l'autorité et les menaces du roi. Plus tard, elle avait appris qu'il avait offert une généreuse compensation financière à son fiancé, lui permettant ainsi de s'installer dès ses études terminées.

Jules l'avait laissée tomber de façon brutale, arguant qu'il s'était trompé, que leur mariage serait voué à l'échec — qu'ils étaient trop différents l'un de l'autre.

Depuis lors, Amélie avait protégé son cœur. Et puis un beau jour, Lambis était apparu, et toutes ses bonnes résolutions s'étaient envolées en dépit de ses efforts pour nier l'attirance qu'elle ressentait pour lui.

Mais quand il l'avait rejetée à son tour, elle s'était convaincue que l'amour n'était pas pour elle. Un certain temps après, elle avait commencé à réfléchir sérieusement à la suggestion du Premier ministre, lequel était devenu de plus en plus insistant au cours des deux dernières années ; un mariage arrangé semblait être la solution idéale. Aussi avait-elle accepté de rencontrer Alex de Bengaria. Et maintenant que cette union représentait sa seule chance d'être régente, elle envisageait de l'épouser.

Pourquoi pas, après tout ? Amélie se sentait tout à fait capable de renoncer à ses rêves d'amour passionné. Par ailleurs, le roi Alex était un homme au physique plus qu'agréable et il était connu pour son raffinement, son honnêteté et sa droiture.

— Quelque chose ne va pas ?

— Non, tout va très bien, dit-elle en rosissant.

Amélie se tourna vers Seb, assis à côté d'elle à l'arrière de la grande barque.

— Tu as vu des poissons, mon chéri ?

Son neveu secoua la tête, avant de lui saisir soudain la main en désignant de l'autre les eaux transparentes.

Elle oublia aussitôt tous ses soucis. Seb s'était métamorphosé depuis qu'il avait sangloté dans les bras de Lambis. Il ne parlait toujours pas, mais il réagissait.

— Je les vois, dit-elle. Ils sont rapides, hein ? Regarde comme le soleil fait miroiter leurs couleurs…

Lambis cessa de ramer et se pencha pour admirer lui aussi les poissons.

— Tu as l'œil, dis donc, Seb. Tu aimes la pêche ?

Lentement, son neveu tourna la tête, leva les yeux vers le géant qui l'observait, immobile.

— Tu n'as jamais essayé, c'est ça ? poursuivit Lambis.

Le cœur battant, Amélie vit le petit garçon faire un signe négatif.

— Je vais te montrer un coin secret, enchaîna Lambis. Les gens d'ici disent que c'est le meilleur endroit pour pêcher.

Sans attendre la réaction de Seb, il reprit les avirons et se remit à ramer.

Ça avait été une bonne idée de les emmener en barque au lieu de sortir avec le puissant hors-bord. Seb avait même souri en voyant Lambis les rejoindre en portant l'embarcation.

Ce sourire avait bouleversé Amélie à tel point qu'elle avait eu du mal à retenir ses larmes. Ensuite, quand l'embarcation avait commencé à s'éloigner du rivage, elle n'avait pu s'empêcher de contempler la musculature de Lambis accentuée par son T-shirt moulant, ses longues jambes tendues devant lui frôlant les siennes lorsqu'elle se tournait vers Seb. Chaque fois, des étincelles brûlantes pétillaient en elle, au plus intime de son corps.

Une excitation insensée l'envahit au souvenir de la

proposition de Lambis. Y pensait-il lui aussi ? Il arborait une expression particulièrement indéchiffrable, ce matin-là. Mais il ne semblait pas avoir passé la moitié de la nuit à arpenter sa chambre comme elle, avant de passer la seconde à se tourner et à se retourner dans son lit. Il paraissait en pleine forme et sûr de lui.

Il n'avait pas d'amour à lui offrir, avait-il répété. Mais ne le savait-elle pas depuis longtemps et ne l'avait-elle pas accepté ?

— Nous sommes arrivés. Garde bien tes mains à l'intérieur de la barque, Seb. Le passage est étroit.

L'embarcation se rapprocha du trou noir s'ouvrant dans la falaise blanche. Seb se serra contre Amélie.

— N'aie pas peur, mon chéri, dit-elle en lui entourant les épaules d'un bras. Lambis va nous faire une belle surprise. Ça vaut bien un petit risque, tu ne crois pas ?

Son neveu hocha la tête tandis qu'ils s'engageaient dans l'orifice. La température baissa aussitôt, et l'obscurité les enveloppa. Seb se colla tout contre Amélie.

— Regarde bien, Seb ! fit Lambis. Attention… Ça y est ! Alors, qu'est-ce que tu en penses ?

Amélie écarquilla les yeux. La barque avait bifurqué sur la gauche, et soudain la lumière avait rejailli, éclairant une nappe d'eau d'un bleu éclatant. Au-dessus de leur tête, la paroi de la grotte s'ouvrait sur le ciel azur.

— C'est merveilleux, murmura-t-elle en serrant la main de Seb dans la sienne. Fantastique…

— Je savais que cet endroit vous plairait.

L'espace d'un instant, Lambis soutint son regard, puis se tourna vers Seb.

— Cette grotte était fermée, autrefois. Et puis un jour, une partie de la paroi est tombée, laissant pénétrer la lumière. Maintenant, c'est la cachette idéale pour les pique-niques.

Lorsque la barque heurta doucement la rive, il déposa les rames. Quelques secondes plus tard, il était descendu à terre, tirait le bateau vers lui et l'amarrait à un piton rocheux.

Amélie le regarda soulever ensuite Seb dans ses bras. Dès qu'il le lâcha, le petit garçon s'aventura sur la plage minuscule. Puis, à quatre pattes, il scruta la surface de l'eau comme n'importe quel enfant de son âge l'aurait fait à sa place.

— Merci, Lambis, murmura-t-elle en lui tendant le panier contenant le repas. C'était une idée géniale, Seb est ravi.

Quand il lui prit le panier des mains, ses doigts effleurèrent les siens. Le désir fusa aussitôt en elle, ses mamelons pointèrent, la chaleur désormais familière se répandit entre ses cuisses...

— Je ne l'ai pas fait seulement pour Sébastien. Est-ce que cet endroit *te* plaît, Amélie ?

— Je n'avais jamais rien vu d'aussi beau, répondit-elle d'une voix rauque. Merci de nous avoir amenés ici, Lambis.

Elle attendit qu'il ait posé le panier sur le rivage pour descendre à son tour. Mais il se retourna d'un mouvement vif et la prit par la taille avant de la soulever comme il l'avait fait avec Seb.

Lentement, il la remit sur ses pieds. Leurs corps ne s'étaient pas vraiment touchés, mais Amélie avait senti les moindres reliefs de celui de Lambis, là, à quelques millimètres de ses seins, de son ventre...

Le désir crépitait entre eux, presque palpable. Lambis savait ce qu'il faisait, comprit-elle. Et il lisait la réponse qu'il attendait dans ses yeux.

— Tu peux me lâcher, maintenant.

À cet instant, un bruit d'éclaboussement rompit le silence. Affolée, Amélie chercha Seb des yeux. Mais tout allait bien. Il lançait simplement des pierres dans l'eau, l'air concentré, la langue entre les lèvres et le front plissé.

Elle s'appuya contre Lambis, qui la libéra aussitôt. Étourdie, elle regarda le petit garçon continuer son jeu aussi ancien que le monde et l'homme ressemblant à un géant installer le pique-nique.

Durant quelques secondes, elle se laissa aller aux fantasmes qu'elle avait nourris autrefois. Avoir des enfants, avec un homme qu'elle aimerait et qui l'aimerait pour ce qu'elle était vraiment.

Mais à quoi bon songer à ces chimères, désormais ? Pourquoi rêver à l'impossible ? Et puis, elle avait quelqu'un à aimer. Seb.

Épouserait-elle Alex de Bengaria ? Peut-être, mais pas sans s'être assurée au préalable que leur couple serait harmonieux.

Quant à Lambis, elle finirait bien par l'oublier. Cependant, quand elle le rejoignit en souriant, elle ne put refouler les regrets qui l'assaillaient.

Deux heures plus tard, alors qu'elle les regardait patauger dans l'eau ensemble, Amélie sentit une émotion inconnue s'emparer d'elle. Avant la mort brutale de ses parents, Seb avait été un petit garçon vif, mû par une curiosité insatiable et extrêmement bavard. Sa réserve et son silence avaient été provoqués par la perte de ses parents, tandis que chez Lambis ces traits de caractère semblaient inhérents à sa nature. Ou l'être devenus.

Qui avait-il aimé ? Avait-il été rejeté par cette femme ? L'avait-elle trompé ?

Amélie avait beau se répéter que cela ne la regardait pas, ces questions revenaient la hanter sans cesse.

Or, elle avait tort de s'interroger ainsi. Lambis ne s'intéressait pas vraiment à elle. Il ne désirait que son corps.

La chaleur se répandit aussitôt en elle. Le simple fait de penser à sa proposition l'embrasait. Elle n'y pouvait rien : la perspective de partager des moments de pure volupté avec cet homme superbe la faisait trembler.

Pourquoi ne pas accepter ce qu'il lui offrait ? Il avait raison, ils ne feraient de mal à personne en vivant leur désir.

— Viens voir ! Viens voir !

Elle sursauta, le cœur battant à tout rompre, avant de se précipiter vers Lambis et Seb qui, assis sur les épaules du géant, tendait le doigt vers le milieu du bassin.

— Regarde, tante Lili !

Amélie trébucha, mais continua d'avancer en fixant le petit garçon qui contemplait la surface de l'eau, fasciné.

— Tu la vois ?

Ses yeux verts croisèrent les siens.

— Tu la vois ? répéta Seb en haussant ses sourcils blonds.

Elle avait beau se concentrer, elle ne voyait rien. Puis une forme indistincte et sombre surgit de l'ombre. Amélie se pencha en avant. La silhouette se rapprocha…

— Oui, je la vois ! C'est une tortue.

Seb resta silencieux, trop occupé à suivre la progression du reptile marin. Se rendait-il compte qu'il avait parlé ? De son côté, Amélie avait encore du mal à le croire.

— Elles vont pondre leurs œufs sur la plage d'une île voisine, dit Lambis de sa voix profonde.

Il s'exprimait avec calme, comme si rien de spécial ne s'était passé.

Seb hocha la tête, mais sans faire de commentaires. Peu importait. Il avait parlé ! Et s'il avait pu le faire une fois, il recommencerait. Bientôt.

Submergée par l'émotion, Amélie sentit ses jambes flageoler et dut s'asseoir sur le sol. Un soulagement inouï l'envahit, si intense qu'elle sentit les larmes lui monter aux yeux. Elle aurait dû être ravie, exulter. Au lieu de cela, elle se sentait… déboussolée. Perdue.

Elle avait tant espéré ce moment, doutant parfois qu'il arrive jamais. Traversée par un frisson, elle referma les bras autour de son buste pour se réchauffer.

Au même instant, elle réalisa que Lambis l'observait en plissant les paupières.

— Bravo, Seb ! dit-elle d'une voix tremblante. Tu as

vraiment une bonne vue ! C'est la première fois que je vois une tortue marine dans son habitat naturel.

— Je crois qu'il est temps de rentrer, répliqua Lambis. Ta tante est fatiguée, Seb.

— Oh non ! s'écria Amélie. J'aimerais rester encore un peu.

En fait, elle répugnait à quitter cet endroit magique où les miracles pouvaient avoir lieu.

— Tu es fatigué, Seb ? demanda-t-elle à son neveu.

Les yeux toujours fixés sur la tortue, il se contenta de secouer la tête. Il fallait lui laisser du temps, songea-t-elle en souriant à Lambis qui continuait de l'observer d'un air… presque inquiet.

Immobile à l'orée de la vaste terrasse et dissimulé dans l'ombre, Lambis regardait Amélie marcher sur la plage. Le soleil baissant à l'horizon nimbait sa mince silhouette d'une aura dorée, la faisait ressembler à une déesse.

Son sarong attaché entre les seins s'arrêtait au-dessus du genou, dévoilant ses épaules et sa gorge à la peau satinée, ainsi que ses mollets fins et galbés.

L'après-midi, lors de la balade en barque, elle portait déjà ce sarong, sur un bikini bleu ciel dont l'on voyait les bretelles nouées sur sa nuque. Durant plusieurs heures, Lambis avait brûlé de défaire les deux, de découvrir enfin ce corps aux formes délectables. Il avait tellement envie d'elle que son érection en était douloureuse et que dans la grotte il avait dû passer la moitié du temps immergé jusqu'à la taille pour dissimuler son excitation.

Lorsqu'ils étaient rentrés, il s'était délibérément enfermé dans son bureau, se concentrant à grand-peine sur le travail. À présent, Sébastien était au lit, et rien ne faisait plus écran entre Lambis et l'objet constant de son désir.

La veille, après ce baiser dévastateur, il l'avait attendue, espérant qu'elle changerait d'avis et viendrait le rejoindre.

Car Amélie s'était trahie. Elle s'était abandonnée contre lui, corps et âme.

Soudain, elle fit demi-tour et revint vers la terrasse, le dos légèrement voûté, la tête basse et les bras refermés autour de son buste.

L'inquiétude remonta en lui. S'était-il passé quelque chose avec Sébastien ? Avait-elle reçu de mauvaises nouvelles de St. Galla ?

Sans réfléchir, Lambis sortit de l'ombre et s'avança à sa rencontre. Il n'avait pas grand-chose à lui offrir, certes, mais il ne pouvait la laisser souffrir ainsi, seule. Il avait cru que toute tendresse était morte en lui avec Delia et Dimitri, mais elle le submergeait de nouveau, semblable à une vague gigantesque, redoutable et indomptable.

— Amélie ?

Il s'arrêta devant elle, respira son parfum de gardénia.

— Que s'est-il passé ? Sébastien a…

— Non, l'interrompit-elle avec un haussement d'épaules. Tout va bien. Je…

Lorsque sa voix se brisa, il se rapprocha encore et lui leva le menton pour la forcer à le regarder dans les yeux. Les siens brillaient étrangement, sa belle bouche tremblait.

— Dis-moi ce qu'il y a, Amélie.

Elle secoua la tête, de fines mèches dorées s'échappant de son chignon flou.

— Il n'y a rien, répliqua-t-elle avec un sourire contraint. Je suis stupide, c'est tout. J'ai bordé Seb dans son lit et je lui ai dit que je l'aimais. Et alors il… m'a passé ses petits bras autour du cou et chuchoté qu'il m'aimait aussi.

Son sourire se transforma en moue dépréciatrice.

— Et tout à l'heure, il avait déjà parlé, dans la grotte… Pour la première fois depuis l'accident. C'est vraiment ridicule ! Je devrais être folle de joie !

— Ce n'est pas ridicule du tout. Tu as porté ce fardeau trop longtemps, et seule.

Lambis s'interrompit. Ses anciens réflexes lui revenaient, mais il manquait de pratique. En outre, son instinct lui enjoignait de garder ses distances. Cependant, il était déjà trop tard. Il avait franchi le pas et ne pouvait faire marche arrière.

Les iris aux reflets d'émeraude d'Amélie demeuraient rivés aux siens. Il s'y perdit.

— Tu veux bien me prendre dans tes bras, s'il te plaît ? demanda-t-elle d'une toute petite voix. Juste une minute ?

Il ne réfléchit pas. Il l'enlaça et la serra contre lui en lui caressant les cheveux.

Quand elle se laissa aller, qu'elle lui entoura la taille des bras et appuya la joue contre sa poitrine, Lambis ferma les yeux et crispa les paupières.

Son érection le lancinait. Le désir rugissait en lui, annihilant toute pensée, toute prudence.

Puis Amélie redressa soudain la tête et plongea le regard dans le sien. Il sentit alors quelque chose frémir au tréfonds de lui-même, une sensation incontrôlable et déstabilisante.

— Ta proposition est-elle toujours valable ? murmura-t-elle.

— Ma proposition ?

Non, il se leurrait. Elle ne pouvait pas faire allusion à…

— D'une liaison purement charnelle. Sans attaches.

Il contempla son beau visage offert, ses yeux verts étincelant de désir.

Avec Amélie, il ne pourrait s'agir d'une simple passade. Ce qu'ils partageraient serait forcément plus puissant, plus excitant, plus satisfaisant qu'une banale aventure sans lendemain.

Ignorant la voix qui lui répétait de faire attention, de se ressaisir, Lambis sourit et referma une seconde les paupières en savourant déjà le plaisir qu'ils allaient partager.

Il savait que le bonheur était fugace. Sept ans plus tôt, la vie, le destin, lui avaient tout pris, le laissant en proie à un incommensurable chagrin et à des remords atroces. Mais ce soir, il profiterait de l'instant présent.

Ce soir, il voulait vivre. Durant un bref interlude, il s'autoriserait tout ce à quoi il s'était interdit de rêver.

Sans répondre à la question d'Amélie, il la souleva dans ses bras et regagna la terrasse qu'il traversa à grandes enjambées avant de rentrer dans la villa.

10.

Amélie n'avait pas fait l'amour depuis dix longues années. Après l'abandon de Jules, elle s'était juré de ne pas se donner à un homme à moins de l'aimer et d'être certaine d'être aimée en retour.

Et pourtant, elle allait renier toutes ses promesses en échange d'une nuit de plaisir... avec Lambis.

Blottie dans ses bras, elle lui posa la main sur la poitrine et sentit les battements de son cœur s'accélérer.

— J'ai envie de toi, murmura-t-elle en enfouissant le visage dans sa chemise.

Un tressaillement le parcourut de part en part, puis, d'un coup d'épaule, il ouvrit la porte de sa suite. Amélie entrevit des murs blancs, un haut plafond, quelques touches de bleu turquoise çà et là, des meubles aux lignes épurées... et se retrouva étendue sur un lit immense.

Lambis se redressa au-dessus d'elle, les yeux étincelants.

— Déshabille-toi.

L'impatience colorant sa voix ne la choqua pas, bien au contraire.

— Pourquoi ne le ferais-tu pas pour moi ? répliqua-t-elle en écartant les bras comme si elle était parfaitement à l'aise et avait l'habitude de ce genre de situation — mais elle refusait de se laisser intimider par son relatif manque d'expérience. Une nouvelle créature avait surgi en elle, audacieuse et affamée...

— Parce que si je pose les mains sur toi maintenant, répondit-il d'une voix rauque, je ne tiendrai pas longtemps.

Elle déglutit, sentit ses joues devenir écarlates, puis son cou et sa gorge. Ses mamelons se durcirent sous le regard ardent de Lambis qui semblait les voir à travers le sarong.

— Eh bien, commence par te déshabiller pour moi.

Comment pouvait-elle afficher un tel calme alors qu'elle brûlait à l'intérieur ? Qu'elle fondait en des endroits oubliés depuis des années ?

Un petit muscle dans la mâchoire de Lambis tressaillit, et ses narines frémirent. Sans un mot, il leva les mains et tira sur les pans de sa chemise, déchirant l'étoffe.

Les boutons minuscules voltigèrent un peu partout, et le vêtement échoua sur le sol. Lambis avait un corps d'athlète, puissant et sculpté. La bouche sèche, Amélie contempla ses pectoraux parfaits, son ventre plat ; une fine toison brune recouvrait sa poitrine pour disparaître en pointe sous la ceinture de son jean...

Elle baissa les yeux sur ses hanches étroites, ses cuisses musclées. Son érection moulée par son pantalon.

Lambis était magnifique, scandaleusement viril et outrageusement sexy. Et si différent de Jules, beaucoup plus jeune et pas très costaud.

Lentement, Lambis défit la boucle de sa ceinture. Amélie était trop excitée pour ressentir de l'appréhension. Et lorsque, avec la même lenteur, il fit bientôt descendre jean et caleçon, elle serra les jambes malgré elle pour endiguer la chaleur liquide se répandant dans son intimité.

Il surprit son geste et sourit, puis repoussa ses vêtements d'un coup de pied.

Le souffle court, elle contempla l'homme superbe et nu dont la haute silhouette la dominait. Elle fit glisser son regard sur ses longues jambes fermes, s'arrêtant sur la toison brune qui entourait la formidable érection qui se dressait vers elle...

Les doigts tremblants, elle dénoua son sarong et se souleva pour l'ôter avant de le laisser choir sur le tapis. Lambis se rapprocha du lit, mais au lieu de la rejoindre il se pencha pour ouvrir le tiroir de la table de chevet et en sortit un petit sachet.

Amélie détourna les yeux. Non par pudeur, mais de crainte de sombrer dans la jouissance en le regardant dérouler le préservatif sur son membre viril. Jamais elle n'avait été aussi excitée. Son corps palpitait, vibrait.

— Ôte ton bikini.

S'interdisant de réfléchir, elle passa le haut par-dessus la tête sans même dénouer les liens.

Le regard de Lambis se posa sur ses seins nus.

— Le reste, maintenant, ordonna-t-il d'une voix gutturale.

Cette fois, elle le regarda bien en face, puis fit glisser le bas minuscule sur ses cuisses. Les yeux flamboyant de désir, Lambis suivait le moindre de ses gestes.

— Viens.

Elle ne reconnut pas sa propre voix, rauque, pressante.

Et quand, en silence, il s'installa à califourchon sur elle, un tremblement incontrôlable parcourut Amélie. Levant les bras, elle noua les mains sur la nuque puissante de son amant et le sentit tressaillir. Il ferma les paupières, et des mots incompréhensibles franchirent ses lèvres. Et pourtant, elle en devina le sens. Parce qu'elle ressentait la même faim, la même torture.

— Amélie…

Jamais son prénom n'avait été chuchoté ainsi, comme un gémissement, une prière.

— Prends-moi, Lambis. Maintenant, dit-elle en creusant les reins.

Lorsqu'il rouvrit les yeux, ceux-ci étaient semblables à un ciel d'orage. Mais au lieu de s'installer entre ses jambes, il pencha la tête et, lentement, lui lécha le sein avec un art qui la fit haleter. Et quand il en aspira la pointe entre ses lèvres avant de la sucer goulûment, Amélie écarta les cuisses d'instinct.

Délaissant sa poitrine, il se laissa couler le long de son corps en déposant une pluie de baisers brûlants sur sa peau.

Les ongles enfoncés dans ses épaules, elle souleva les hanches et sentit ses doigts experts s'aventurer sur son sexe offert. Ils la caressaient, la fouillaient, exploraient sa chair intime. Puis la bouche de Lambis lui effleura le clitoris…

— Non !

Il redressa la tête, l'air incrédule.

— Tu n'aimes pas ça ?

— Si, au contraire. Mais je ne veux pas jouir comme ça. Je veux te sentir en moi, Lambis.

— Je suis trop excité, dit-il d'une voix rauque. Si je te prends tout de suite, je risque de…

— Peu importe, l'interrompit Amélie. Je te veux en moi, *maintenant*…

Le regard incandescent, Lambis se redressa et lui souleva les jambes, les caressa, les embrassa, puis les posa sur ses épaules.

Elle le laissa faire en retenant son souffle. Son pénis frémissait contre l'orée de son sexe, lui conférant l'impression d'être terriblement exposée, offerte.

Après l'avoir contemplée en silence, les traits tendus, il donna un vigoureux coup de reins et la pénétra. Amélie sentit ses muscles intimes se contracter autour de sa formidable érection. Lambis la fixait dans les yeux, les lèvres pincées, comme s'il souffrait.

Sa lente possession, l'éclat couvant dans son regard, grisaient Amélie. Elle découvrait un univers inconnu et merveilleux où il ferait bon se perdre à jamais.

Son amant s'enfonça plus profondément encore puis s'immobilisa, le souffle court.

Durant un long moment, ils restèrent immobiles tous les deux à savourer les sensations exquises qui ondoyaient en eux. Soudain, Lambis se retira en poussant une plainte rauque, avant de donner un nouveau coup de reins, plus puissant encore que le premier.

Une lumière blanche éblouit Amélie. Un cri lui échappa. Lambis se retira de nouveau, la pénétra encore, recommença son enivrant manège, instaurant un rythme de plus en plus soutenu.

Elle avait l'impression de ne faire plus qu'un avec lui, de s'être fondue en lui. Jamais elle n'avait ressenti pareilles sensations. Il glissa alors une main entre ses cuisses et lui caressa le clitoris. Le plaisir déferla aussitôt en elle, emportant tout sur son passage, et elle cria son prénom tandis qu'il la faisait basculer dans la jouissance. Au même instant, il se répandit en elle en même temps qu'il l'embrassait à pleine bouche, leurs corps dansant ensemble dans une harmonie parfaite.

Ensuite, tout se déroula comme dans un rêve. Amélie plongea les doigts dans les cheveux épais de son amant et sentit ses grandes mains chaudes lui caresser les hanches. Puis il redressa la tête et se retira, mais elle resserra les jambes pour l'empêcher de s'écarter d'elle. Il se dégagea néanmoins avant de se pencher pour lui lécher le bout du sein. Aussitôt, le désir renaquit en elle.

Les yeux gris de Lambis flamboyèrent, un sourire de triomphe se dessina sur sa belle bouche virile. Lentement, il lui caressa de nouveau le clitoris, le titilla, tout en aspirant un mamelon gonflé entre ses lèvres.

Stupéfaite et émerveillée à la fois, elle fut une fois de plus emportée par l'extase.

Combien de temps resta-t-elle ensuite abandonnée contre Lambis ? Amélie n'en savait rien. Peut-être avait-elle dormi. Le sentant bouger, elle se tourna vers lui. Les battements réguliers de son cœur et la sensation de ses bras musclés refermés autour d'elle la rassuraient.

La tenant serrée contre lui, il traversa la chambre. Puis tout à coup, ses talons frôlèrent… de l'eau. Ils se trouvaient dans une salle de bains spacieuse éclairée par des bougies, réalisa-t-elle en rouvrant les yeux. Lambis lui avait fait couler un bain pendant qu'elle dormait.

— C'est toi qui as acheté ces bougies ? murmura-t-elle.
— Non, c'est Sofia. Elle adore cela et en a toujours un

stock en réserve, alors je me suis dit que c'était le moment ou jamais de les utiliser.

Délicatement, il la déposa dans l'eau chaude et parfumée, avant de s'installer derrière elle et de refermer les bras autour de sa taille, les mains dans les siennes.

Amélie renversa la tête en arrière et s'appuya sur son épaule, savourant cet instant irréel.

— C'est exactement ce dont j'avais besoin, chuchota-t-elle. Comment l'as-tu deviné ?

— J'ai pensé que tu aurais peut-être un peu mal. Je sais que je suis plutôt avantagé et tu étais… serrée.

Sa voix avait pris cette note basse qu'elle adorait et qui la troublait profondément.

— Amélie ? Ça va ?

— Oui.

En fait, elle se sentait légèrement meurtrie, mais ce n'était rien comparé aux sensations délicieuses qui continuaient de frémir en elle.

— C'était merveilleux, poursuivit-elle. Et tu ne m'as pas fait mal. De toute façon, je te désirais trop pour vouloir que tu sois plus doux. Et puis, ma seule expérience était plus tendre que passionnée, alors j'avais envie de quelque chose de plus… vigoureux.

Il se raidit contre elle.

— Tu n'avais fait l'amour qu'une seule fois ?

— Non. Plus d'une fois, mais avec le même homme. Jules. Et c'était il y a longtemps : dix ans.

Cette fois, il demeura silencieux, mais elle devina ses pensées.

— Et après être restée célibataire pendant dix ans, tu t'es donnée subitement à moi ?

— Ne t'inquiète pas, Lambis. Je ne m'attends pas à une déclaration d'amour. Je n'ai pas oublié qu'il s'agissait d'une aventure purement charnelle. Et je ne regrette rien.

— Qui était ce Jules ?

Un frisson la parcourut. Pourquoi ne pas le lui dire,

après tout ? Jamais il ne commettrait d'indiscrétion, elle en était certaine.

— Un étudiant en médecine que j'ai connu à l'université de St. Galla.

Le souffle de Lambis lui caressa la nuque.

— Il t'a séduite au premier regard ?

— Non, ce n'était pas son genre. Mais il était gentil et drôle, et il ne me traitait pas en princesse. Je veux dire qu'il se fichait de mon titre et de mes relations. Il m'aimait pour ce que j'étais, et nous nous sommes fiancés.

Elle s'interrompit, surprise d'être allée aussi loin dans ses confidences.

— Mais vous ne vous êtes pas mariés, enchaîna Lambis.

— Non. Mon père désapprouvait notre relation. Il tenait à ce que j'épouse quelqu'un de sang royal, pas un roturier. Il a persuadé Jules de me quitter.

Silence.

— Tu t'es sentie trahie ? demanda-t-il enfin. C'est pour cela que tu n'as pas connu d'autre homme pendant dix ans ?

— Je ne pouvais pas lui en vouloir. Il était pauvre. Et puis, il n'était pas de taille à tenir tête à un roi.

Cependant, un goût amer lui monta aux lèvres au souvenir de la lâcheté de Jules. De son côté, elle avait affronté son père. Elle avait été prête à renoncer à son titre et à tout soutien financier comme l'en avait menacée celui-ci. Elle serait partie sans rien, parce qu'elle croyait en Jules, en leur couple.

— J'étais naïve, soupira-t-elle. J'étais persuadée qu'il m'aimait et qu'il resterait avec moi quoi qu'il arrive. Au lieu de cela, il m'a annoncé un jour qu'il s'était trompé et que, ayant touché un héritage inattendu, il partait s'installer ailleurs.

Elle se força à prendre un ton dégagé.

— La dernière fois que j'ai entendu parler de lui, il était marié et père de famille.

Sans dire un mot, Lambis lui souleva les cheveux et l'embrassa sur la nuque.

— Il t'a dégoûtée des hommes.

Amélie haussa une épaule. Elle détestait l'idée de passer pour une princesse au destin tragique.

— Non, ce n'est pas cela. Mais de toute façon, j'ai eu très peu d'occasions d'engager une relation intime avec quelqu'un. Où que j'aille, la presse épie mes moindres faits et gestes. D'autre part, les quelques hommes séduisants que j'ai pu rencontrer étaient mariés. Et comme les aventures sans lendemain ne m'ont jamais intéressée, je suis restée sage, voilà tout.

Lambis avait été l'exception. La seule.

— Pourquoi moi ? demanda-t-il soudain d'une voix rauque. Et pourquoi maintenant ?

Parce que, en dépit de tout ce qu'elle s'était raconté et de ses efforts pour l'oublier, elle avait été forcée de reconnaître qu'il lui plaisait toujours autant — et qu'elle avait espéré que cette aventure charnelle la guérirait de lui.

— Parce que j'ai renoncé à l'amour.

En se le répétant chaque jour, elle finirait bien par s'en convaincre.

— Mais tu désires te marier et avoir des enfants, non ? Je le vois quand tu es avec Sébastien.

Au diable sa perspicacité ! Que voulait-il ? Qu'elle le rassure et lui répète qu'elle n'attendait rien de lui, hormis du sexe ?

— Eh bien, je m'occupe déjà de lui, et si je veux devenir sa régente, il faudra que j'épouse quelqu'un, en effet. Notre Premier ministre a déjà prévu une union avec un souverain approprié.

— Toi ? Faire un mariage arrangé ? s'indigna Lambis.

— Pourquoi pas ?

— Parce que tu as besoin d'amour. D'aimer et d'être aimée. Et que tu mérites de rencontrer un homme qui te chérira et se battra pour toi, contre vents et marées.

Ses paroles la stupéfièrent. Il les avait prononcées

avec une telle conviction, une telle véhémence… Ainsi, il se souciait vraiment d'elle et de son bonheur… Tout en affirmant ne pas être celui dont elle avait besoin.

Une douleur vive lui transperça la poitrine.

Vis au présent, Amélie. Savoure ces précieux instants. Avant de quitter Lambis la tête haute.

Elle posa la main sur la cuisse de Lambis, remonta de plus en plus haut.

— Tu ferais mieux d'arrêter, ma douce. J'ai déjà assez de mal à te tenir ainsi dans mes bras sans…

— Sans me faire l'amour ?

Elle sourit en sentant la puissante érection frémir au creux de ses reins.

— J'essaye de me contrôler, bon sang !

— Et si moi, je ne veux pas que tu te contrôles ?

11.

Dès qu'elle caressa son sexe, Lambis sut qu'il était perdu.

La prenant par la taille, il la souleva et la fit tourner dans ses bras. Quand elle se retrouva installée sur lui, puis qu'elle le chevaucha en renversant la tête en arrière, ses cheveux mouillés répandus sur ses seins, il la força à le lâcher.

Elle se redressa, ruisselante, ses mamelons rose vif ressortant sur sa peau claire. Lentement, il laissa glisser le bout du doigt sur son ventre doux et plat, et effleura le triangle doré affleurant au-dessus de l'eau.

Un long tressaillement la parcourut, et elle ferma les yeux.

Savait-elle qu'elle était d'une beauté stupéfiante, ainsi agenouillée devant lui ?

Quand elle rouvrit les paupières et se pencha pour lui poser les mains sur les épaules, il retint son geste. La saisissant par les hanches, il rapprocha le visage de son sexe offert et l'explora avec sa langue. Cette fois, un violent tressaillement la traversa tout entière. Il continua de la lécher, trouva son bouton secret gorgé de plaisir. Sa chaleur de femme enveloppa Lambis, son parfum unique l'enivra.

— Lambis ! soupira-t-elle en basculant vers lui.

Il l'embrassa au plus intime de sa chair, et les gémissements se transformèrent en cris qui résonnèrent dans la pièce tandis qu'elle répétait son prénom, encore et encore.

Une fois que les tremblements se furent estompés,

Lambis tendit le bras pour récupérer le préservatif qu'il avait laissé à portée de main.

Après s'être protégé, il attira Amélie vers lui, prêt à la pénétrer, lorsqu'il vit des larmes briller dans ses yeux.

Une émotion irrépressible s'empara de lui.

— Ne pleure pas, ma belle. Tout va bien. Je suis là.

Un sourire tremblant s'esquissa sur ses lèvres, et elle lui effleura doucement la joue.

— Oui, tout va bien. Je suis stupide de réagir ainsi. Ces moments sont merveilleux, et je n'aurais jamais imaginé qu'un tel plaisir des sens puisse exister.

Son sourire s'effaça.

— Je sais que ce n'est que du sexe, chuchota-t-elle, mais avec toi, je me sens…

Elle secoua la tête, et la tristesse ayant traversé ses yeux disparut.

Et lui, comment se sentait-il avec elle ?

Lambis ne se le demanda pas davantage. Se pressant contre lui, Amélie l'embrassait lentement, voluptueuse-ment, chassant toute interrogation de son esprit.

Quelques instants plus tard, ils basculaient tous les deux dans l'extase en poussant des plaintes rauques.

Allongé sur le dos, Lambis regarda les premières lueurs de l'aube apparaître dans le ciel. Amélie reposait dans ses bras, les cheveux lui enveloppant le torse et les épaules comme un voile de soie.

Au cours de cette nuit passionnée, ils s'étaient montrés aussi insatiables l'un que l'autre.

Avaient-ils réagi ainsi parce qu'ils n'avaient pas fait l'amour depuis longtemps ni l'un ni l'autre ?

Dix ans d'abstinence pour Amélie… Il n'arrivait pas à le croire. Comme il venait d'en faire l'expérience, elle débordait de sensualité et se donnait entièrement à son amant.

Elle le surprenait à chaque instant. Curieusement, il

n'avait jamais soupçonné que sous l'expression sereine qu'elle affichait en toutes circonstances le feu et la passion couvaient en secret.

Sa nature ardente et fougueuse avait été une véritable révélation, ainsi que sa franchise, songea Lambis en repensant à ce qu'elle lui avait appris.

Il se rappela ses larmes. Celles-ci n'étaient pas dues uniquement à l'intensité du plaisir qu'elle venait de découvrir, il y avait autre chose. En dépit de sa détermination à toute épreuve, Amélie était vulnérable.

Par conséquent, il aurait dû mettre un terme à cette aventure. Dès maintenant. Mais il ne pouvait s'y résoudre. À présent qu'elle avait fait s'écrouler le mur de protection qu'il avait érigé autour de lui, Lambis se sentait incapable de le reconstruire.

Bientôt. Il le ferait bientôt. Il s'éloignerait d'Amélie parce que cela vaudrait mieux, pour elle comme pour lui. Mais dans l'immédiat, il prendrait ce qu'elle avait à lui offrir et lui donnerait la seule chose qu'il était en mesure de partager avec elle : du plaisir.

Au cours de cette nuit magique, il avait redécouvert des sensations, des émotions oubliées depuis la perte de Delia et Dimitri. La souffrance et la culpabilité avaient éradiqué ses plus précieux souvenirs.

En outre, avec Amélie et Sébastien, il avait commencé à se rappeler la joie éprouvée autrefois, ainsi que le bonheur de compter pour des êtres chers qui l'avait transformé.

Délicatement, il remonta le drap sur le corps abandonné dans ses bras. Amélie méritait mieux que lui. Et mieux que Jules. Dire que ce salaud… Mais il était vraiment mal placé pour juger ce lâche, il ne valait pas mieux.

— Lambis ?

— Je t'ai réveillée… Excuse-moi. Rendors-toi.

Au lieu de lui obéir, elle s'étira langoureusement contre lui. Sa libido réagit aussitôt. Lambis essaya de se concentrer sur le travail qui l'attendait — le recrutement à organiser aux USA, le problème lié au projet en Russie…

— Ça y est, dit-elle en redressant la tête. Je suis tout à fait réveillée, maintenant.

Un mélange de tendresse et de désir, et le besoin farouche de la protéger prirent possession de lui, et cela le terrifia. Il n'avait rien ressenti d'aussi profond depuis…

— Lambis ? Ça va ?

Un halo doré entourait ses cheveux, ses seins semblaient réclamer les caresses.

— Fabuleusement bien, répondit-il d'une voix rauque.

Sans plus attendre, il la fit basculer sous lui et s'installa entre ses cuisses. Bannissant tous les doutes qui revenaient l'assaillir et les reproches de sa conscience, Lambis pénétra sa fougueuse maîtresse, déterminé à profiter au maximum de ces merveilleux moments partagés avec elle.

Le visage en partie dissimulé derrière de grosses lunettes noires, Amélie le regarda en souriant.

— Quelle bonne idée de nous avoir amenés ici, Lambis ! Je suis contente que tu m'aies persuadée que nous ne courions aucun risque.

— Si je n'en avais pas été certain, je ne te l'aurais jamais proposé, répliqua-t-il avec un haussement d'épaules.

— Cet endroit est vraiment charmant.

Ils étaient seuls sur la minuscule terrasse de l'unique café du village, situé à quelques pas du port.

— Même les bateaux sont beaux, soupira-t-elle en prenant sa tasse. Je comprends que tu aies décidé de faire construire sur cette île.

C'était complètement absurde, mais Lambis ne pouvait s'empêcher d'être heureux qu'elle apprécie le café grec et qu'elle ait savouré la nourriture simple qui leur avait été servie.

— Lambis !

— Oui ? Qu'y a-t-il ?

— Regarde Seb…, chuchota-t-elle, les yeux brillants.

Lambis tourna vivement la tête dans la direction qu'elle

lui indiquait et aperçut le petit garçon qui observait avec attention les bateaux de pêche amarrés dans le port.

Il se détendit aussitôt en le voyant sourire en réponse à ce que venait de lui dire un enfant d'environ son âge, juste à côté.

— C'est Seb qui lui a adressé la parole en premier ! murmura Amélie. Alors qu'il ne le connaît même pas !

Un soulagement indicible envahit Lambis, doublé d'une excitation sans nom à la vue de Sébastien bavardant avec l'autre gamin.

— Je ne t'avais pas dit que tout s'arrangerait ? répliqua-t-il en se ressaisissant. Les spécialistes avaient raison : il avait besoin de temps, c'est tout.

Elle lui prit la main et la serra dans la sienne.

— De temps, et d'un endroit où il se sente en sécurité. Nous l'avons trouvé grâce à toi. Merci.

— Ce n'était vraiment rien. Si quelqu'un l'a aidé à guérir, c'est toi, pas moi.

Lambis s'interrompit un instant en contemplant les deux enfants.

— En plus, il améliore son grec.

Sébastien parlait le français, langue natale de son défunt père, mais également le grec maternel et l'anglais, deuxième langue pratiquée à St. Galla.

— Il pourrait revenir ici de temps en temps, histoire de ne pas le perdre, ajouta-t-il.

— Excellente idée ! s'exclama Amélie en souriant. Merci de la proposition, Lambis. Je suis sûre que Seb serait ravi de revenir te voir sur cette île paradisiaque. Toi aussi, tu l'as beaucoup aidé à guérir. Il y a toujours eu un lien particulier, entre lui et toi. Un jour, tu feras un père fabuleux.

Un goût métallique lui monta aux lèvres, fait d'amertume et de désespoir.

Il dégagea sa main d'un mouvement brusque.

— Je ne serai jamais père !

*
* *

Médusée, Amélie vit le visage de Lambis se transformer. Le sourire bienveillant avait disparu ; ses traits s'étaient durcis, il fronçait les sourcils d'un air sombre, presque menaçant.

— Lambis ? Tu te sens bien ? demanda-t-elle, le cœur serré.

Question stupide. Il ne se sentait pas bien, c'était évident. Il arborait la même expression que lorsqu'elle avait débarqué chez lui sans prévenir. Mais à présent qu'elle le connaissait mieux, Amélie savait que c'était de la souffrance pure qui l'étreignait.

— Excuse-moi. Je ne voulais pas t'offenser, reprit-elle à la hâte. Je ne te demande bien sûr pas de servir de père de substitution à Seb. Je...

— Tu n'as pas à te justifier. Et je ne suis pas offensé.

Non, il était blessé. Et il se refermait complètement.

Elle avait cru qu'il avait confiance en elle, s'était imaginé que maintenant qu'ils passaient leurs nuits ensemble...

— Tant mieux, répliqua-t-elle en reposant sa tasse sur la table en bois. Je pense qu'il est temps que Seb...

— Laisse-le, l'interrompit-il d'un ton bourru. Ça lui fait du bien d'être avec un gamin de son âge.

Puis il la regarda dans les yeux avant d'ajouter :

— Quant à moi, ce n'est rien. C'est simplement que...

Il se passa la main dans les cheveux.

— Je n'aurai jamais d'enfants. Irini ne t'en a pas parlé ?

— Les commérages n'étaient pas son genre.

— Non, c'est vrai..., fit-il en tournant la tête vers Seb et son nouvel ami. J'ai eu un fils. Et une femme. Ils sont morts tous les deux.

Amélie eut l'impression de recevoir un coup de poing en pleine poitrine. Lambis avait prononcé ces mots terribles d'un ton neutre et impersonnel, le regard éteint. Elle sentit une sorte de gouffre s'ouvrir en elle, comme si une force invisible la déchirait de part en part.

— Je suis tellement désolée, Lambis.

Elle se tut, consciente de l'inanité de toute parole.

— Cela s'est passé il y a longtemps, répliqua-t-il avec un bref hochement de tête.

À présent, elle comprenait mieux l'expression torturée qu'elle avait parfois surprise dans ses yeux.

Il avait perdu femme et enfant, sans doute dans un effroyable accident. Amélie avait elle-même perdu son frère et sa belle-sœur de façon soudaine et brutale, mais perdre la compagne de sa vie et la chair de sa chair…

Le regard de Lambis croisa le sien, et cette fois il ne détourna pas la tête.

— Je ne prendrai jamais le risque de revivre cela. Je ne me remarierai jamais et n'aurai pas d'autres enfants.

Elle déglutit puis acquiesça. Était-ce à cause de cette tragédie qu'il l'avait rejetée, trois ans plus tôt ?

Peu à peu, les morceaux du puzzle se mettaient en place. Son refus initial d'aider Seb, jusqu'à l'épisode de la plage. La superbe icône reléguée dans une chambre d'amis : pour ne plus voir cette mère et son fils qui lui rappelaient forcément ceux qu'il avait perdus.

Son propre chagrin n'était rien comparé à celui de Lambis. Sans réfléchir, Amélie repoussa sa chaise et se leva, puis lui prit la main. Il serra le poing, mais peu importait.

— Viens, Lambis. Allons marcher un peu. Tu avais promis de nous faire visiter la petite chapelle que l'on aperçoit là-bas, à l'extrémité du port.

Elle ne pouvait éradiquer la souffrance qui le tenaillait, mais elle pouvait au moins essayer de lui changer les idées et lui offrir la tendresse qu'elle ressentait, jusqu'au moment où elle repartirait à St. Galla avec Seb.

Un frisson douloureux la traversa à cette idée, mais elle l'ignora.

Lambis se leva, la main toujours dans la sienne. Et quand il la domina, le visage fermé et le regard vide, Amélie s'avoua ce qu'elle refusait d'admettre jusque-là.

Elle l'aimait. Elle n'avait jamais cessé de l'aimer et l'aimerait toujours.

Alors que de son côté, une seule femme occupait son cœur et ses pensées : sa défunte épouse.

12.

Amélie reposa son portable sur la table basse en plissant le front. Tout allait bien à St. Galla, avait répété Enide avant de raccrocher, expliquant qu'elle était pressée, car elle était attendue à une réunion importante et craignait d'être en retard.

Or, sa cousine, toujours élégante, hyper organisée et respectueuse du protocole, n'était *jamais* en retard.

Devait-elle la rappeler ? Se faisait-elle du souci pour rien ? Si quelque chose clochait, Enide lui en aurait parlé, se raisonna Amélie.

— Tout va bien ? demanda Lambis en entrant dans la pièce.

Il se dirigea droit vers elle et lui passa le bras autour de la taille, la faisant fondre.

Jusqu'à quand serait-elle capable de lui cacher ses sentiments ? C'était d'ailleurs stupéfiant qu'il ne les ait pas devinés. Lorsqu'ils faisaient l'amour, elle ne se contrôlait pas et se laissait totalement aller.

Le fait de savoir qu'il aimait encore son épouse et ne pourrait jamais l'aimer, elle, ne changeait rien à ce qu'Amélie éprouvait pour lui, au contraire. Son amour augmentait sans cesse, même si elle se répétait qu'elle devait se ressaisir et regarder la réalité en face.

— Oui, je pense.

— Tu n'en as pas l'air certaine. Je peux faire quelque chose pour t'aider ?

Elle leva les yeux vers les siens, se repaissant de

sa chaleur virile et consciente qu'elle en serait bientôt privée. Il fallait qu'elle prenne une décision, qu'elle fixe une date de départ, mais par moments elle avait presque l'impression que Lambis avait encore plus besoin d'elle qu'elle n'avait besoin de lui.

Ce qui était sans doute une pure illusion.

Ses iris gris fouillèrent les siens. S'il l'avait pu, il l'aurait aidée. Sans poser de questions ni se soucier des éventuelles conséquences.

Comment réagirait-il si elle lui avouait qu'elle l'aimait et lui disait que ce dont elle avait besoin, c'était qu'il se libère du passé et l'aime, elle qui était bien vivante ?

Incapable de résister à la tentation, Amélie s'abandonna aux sensations délicieuses que faisaient naître la grande main chaude errant sur son dos, ses reins, tandis que de l'autre Lambis lui caressait les cheveux.

— Non, merci, Lambis. Tout va bien, ne t'inquiète pas.

Il aurait dû être dans son bureau. Lui d'ordinaire toujours concentré sur ses affaires, il se surprenait de plus en plus souvent à négliger son travail.

Mais après tout, il pouvait bien s'accorder un peu de bon temps. Ses directeurs étaient en contact permanent avec lui, les contrats affluaient, et la firme étant solidement structurée et n'employant que du personnel hautement qualifié, elle fonctionnait quasiment en autogestion. Par conséquent, il n'avait aucune inquiétude à se faire.

Cesse de te raconter des histoires. L'entreprise ne peut se passer de toi. Tu cherches un prétexte pour ne pas être sur place, au siège, point final.

Lambis regarda Amélie, vêtue du fin sarong soulignant ses courbes ravissantes et laissant voir ses longues jambes fuselées, sa gorge à la peau soyeuse. À quatre pattes à côté d'elle et l'air très concentré, Sébastien observait un insecte qu'ils venaient de découvrir.

Tous deux faisaient maintenant partie de sa vie. Et

c'était à cause d'eux qu'il négligeait ses affaires, reconnut Lambis en son for intérieur. Mais il pouvait très bien déléguer certaines responsabilités qu'il avait toujours assumées jusque-là. À quoi bon nier que ses pensées tournaient désormais principalement autour de ces deux êtres ? Sébastien, dont la réserve s'amenuisait de jour en jour, et Amélie.

Surtout Amélie.

Il s'adossa au large tronc du vieil arbre au pied duquel il s'était assis, au milieu des restes du pique-nique.

En sarong, pieds nus, elle évoluait avec la même grâce qu'en robe de soirée et talons aiguilles. Depuis le jour où il lui avait parlé de Delia et de Dimitri, elle ne lui avait plus jamais posé aucune question personnelle.

Chaque nuit, elle se donnait à lui corps et âme, et grâce à elle Lambis se sentait revivre. Et, de façon étrange, il regrettait presque qu'elle ne l'interroge pas davantage.

Il avait même failli aborder de nouveau le sujet, et ce à plusieurs reprises.

Les entendant chanter ensemble une vieille comptine grecque — sans doute apprise à Sébastien par Irini — il sourit en écoutant le petit garçon corriger sa tante qui, ne connaissant que peu le grec, se trompait souvent. Il avait entrepris de lui enseigner la langue de sa mère et prenait sa tâche très au sérieux… tout en éclatant de rire quand elle confondait des mots ou des expressions.

Un souvenir remonta soudain en Lambis — de Delia et Dimitri fredonnant la même comptine.

Il s'attendit à la souffrance habituelle, aux vains regrets, mais à sa grande surprise sa tristesse fut tempérée par une immense gratitude. Il se sentait reconnaissant de posséder de tels souvenirs, d'avoir vécu des jours aussi heureux avec sa femme et son fils.

— Lambis !

La voix d'Amélie le fit tressaillir. Levant les yeux, il les vit s'approcher tous les deux, main dans la main.

Son cœur se serra douloureusement. Que lui arrivait-il ? Était-il en train de trahir la mémoire de Delia ?

Il se redressa d'un mouvement rapide, bouleversé. Puis il se rendit compte que Sébastien le dévisageait d'un air perplexe, presque effarouché. Il tendit la main pour lui ébouriffer les cheveux, mais sans réussir à sourire au petit garçon.

— Excusez-moi, fit-il, plus durement qu'il ne l'aurait souhaité. Je n'ai pas entendu ce que vous avez dit.

À en juger par le sourire poli d'Amélie, elle n'était pas dupe. Lambis se força à prendre une expression neutre, comme il avait appris à le faire du temps où il était garde du corps.

— Ce n'était rien d'important, répliqua-t-elle d'un ton détaché.

Elle baissa brièvement les yeux sur son neveu avant de poursuivre :

— Ce qui est important, en revanche, c'est que j'aie dit à Seb que tu avais proposé de l'aider à entretenir son grec et qu'il pourrait toujours compter sur toi, comme il peut compter sur moi. J'ai eu raison, n'est-ce pas ?

Lambis savait ce qu'il devait répondre, ce que Sébastien avait besoin d'entendre. Mais l'idée que celui-ci compte sur lui raviva sa souffrance.

Il inspira à fond, hocha la tête.

— Bien sûr que tu peux compter sur moi, acquiesça-t-il en posant la main sur l'épaule de Sébastien. Je suis ton parrain, non ?

Sur ces paroles, il recula d'un pas.

— Je regrette de devoir vous abandonner, mais j'ai un coup de fil urgent à passer, poursuivit-il en évitant le regard d'Amélie.

Sans attendre sa réaction, il se tourna et se dirigea vers la villa.

Il n'aurait pas dû laisser croire à Sébastien qu'il serait toujours là pour le protéger, se reprocha Lambis en s'éloignant. Mais qu'aurait-il pu dire d'autre ?

Ne restait plus qu'à espérer qu'une fois adolescent, puis jeune homme, Sébastien n'ait plus jamais besoin de son parrain.

— Tu désires en parler ?
— Parler de quoi ?
Cette balade au clair de lune était une erreur.

Tout en bavardant de tout et de rien avec lui, Amélie l'avait observé durant toute la soirée, l'air détendu, mais Lambis savait qu'elle était inquiète à cause de son changement d'humeur survenu après le pique-nique.

— De ce qui te fait souffrir, répondit-elle sans le regarder. J'aimerais t'aider.

— Il n'y a rien que tu puisses faire pour m'aider.

— Parfois, ça fait du bien de parler.

Lambis pinça les lèvres. Rien ne pourrait jamais l'aider à atténuer sa peine et ses regrets. À quoi bon, de toute façon ? Et pourtant, Amélie méritait de connaître la vérité. Il le lui devait. Ne serait-ce que pour lui éviter d'entretenir de vaines illusions.

— Tu as dit à ton neveu qu'il pouvait compter sur moi.

L'affreux goût métallique lui emplit de nouveau la bouche.

— C'est vrai, poursuivit-il, mais il vaudrait mieux ne pas lui laisser croire que je serai toujours là pour le protéger.

Elle trébucha légèrement.

— Tu envisages de le laisser tomber ?

— Non. Mais toi non plus tu ne devrais pas compter sur moi. Ce ne serait pas raisonnable.

Amélie s'arrêta et le regarda tourner les yeux vers la mer éclairée par la lune. Comment auraient-ils pu cesser de compter sur lui maintenant ? Lambis était important pour eux deux et, oui, ils dépendaient de lui. Avait-elle eu tort de lui faire confiance ?

— Je ne suis pas doué pour protéger les gens.

Un rire dur et amer s'échappa des lèvres de Lambis.

— Ironique, n'est-ce pas ? pour un homme qui dirige une entreprise de sécurité et de protection rapprochée. Je suis capable de garantir la protection d'inconnus, mais quand il s'agit d'êtres chers…

Les mâchoires crispées, il s'interrompit un instant, le regard perdu au loin.

— J'aurais dû veiller sur Irini, reprit-il d'une voix sourde. Je venais de faire un audit pour le palais, bon sang !

— Tu n'aurais pas pu lui sauver la vie, répliqua Amélie avec calme. Tu n'étais même pas là.

— Non, mais j'avais vu ton frère conduire son précédent hors-bord et je savais que le nouveau était encore plus puissant. Michel n'était pas assez expérimenté pour ce genre d'engin. Je lui ai dit qu'il avait besoin de se perfectionner auprès d'un professionnel avant de l'utiliser.

— Je l'ignorais, murmura Amélie, abasourdie. Mais il n'aurait jamais pris de risques avec Irini à côté de lui !

— Et j'avais recommandé à Irini de ne pas sortir en mer avec lui tant qu'il n'aurait pas consulté un pro, enchaînat-il sans tenir compte de ses paroles. J'aurais dû *exiger* qu'elle me le promette. Et obliger Michel à m'écouter !

Amélie se rappela la réticence d'Irini à accompagner son mari ce jour-là. S'était-elle souvenue du conseil de Lambis ?

— Personne ne l'a forcée à partir avec lui, répliqua-t-elle. C'était *sa* décision. Ils étaient adultes tous les deux, et tu n'aurais pas pu les empêcher de monter sur ce hors-bord.

Elle lui prit la main, glissa les doigts entre les siens.

— J'étais présente, Lambis. Je les ai vus. Michel conduisait vite, mais pas de façon imprudente. C'était un accident. Et tu n'y es pour rien.

Sans dire un mot, il continua de regarder au loin.

— Il adorait Irini et ne l'aurait jamais mise en danger. C'était un *accident*, insista-t-elle.

— Je sais de quoi je parle, Amélie, riposta-t-il

sèchement. L'amour et la protection sont deux choses différentes. J'aimais ma femme et mon fils, mais ils sont morts à cause de moi.

Amélie le regarda en retenant son souffle. Il y avait une telle haine de soi dans sa voix, une telle amertume… et surtout, une incommensurable souffrance.

— Je refuse d'imaginer que tu aies fait quoi que ce soit qui ait pu mettre leur existence en péril, Lambis, martela-t-elle avec conviction, le connaissant trop bien à présent pour en douter.

— Crois ce que tu veux, mais c'est vrai.

Un pli dur se forma sur ses lèvres.

— On peut même dire que j'ai porté malheur dès ma naissance, puisque ma mère est morte en me mettant au monde.

— C'est complètement absurde ! s'écria Amélie, n'en croyant pas ses oreilles. Ce n'était pas ta faute !

— Pour Delia et Dimitri, si. C'était *ma* faute.

Delia et Dimitri. C'était la première fois qu'il utilisait leurs prénoms.

— Comment étaient-ils ? chuchota-t-elle.

Un sourire triste passa sur la bouche de Lambis.

— J'avais seize ans quand je suis tombé amoureux de Delia, mais nous avons attendu d'avoir un peu d'argent pour nous marier.

Il resta silencieux un instant, perdu dans ses souvenirs.

— Delia avait un rire… Tout le monde se retournait en souriant, quand elle riait. Et elle avait toujours un mot gentil pour chacun. Dimitri lui ressemblait trait pour trait : cheveux noirs et lisses, yeux brun foncé, presque noirs, et ce sourire… Il ne tenait jamais en place, il bouillonnait d'énergie.

— Ce devait être un petit garçon adorable.

Comme Seb avant le tragique accident. Son cœur se serra quand elle pensa à Delia, disparue si jeune. Lambis avait dû être fou amoureux d'elle. À sa grande honte, Amélie ressentit un pincement de jalousie.

Jamais il ne parlerait d'elle avec une telle émotion dans la voix.

Elle se secoua mentalement. Ce genre de réaction ne lui ressemblait pas. Elle se conduisait comme une idiote !

— C'était l'hiver, et nous séjournions à la montagne. Il y a eu un problème concernant un contrat très important, et j'ai dû emprunter l'hélicoptère pour me rendre à Athènes. Je n'aurais jamais dû partir. Mes assistants auraient très bien pu gérer la situation sans moi, mais j'étais habitué à prendre les décisions majeures moi-même...

Une fois encore, il s'interrompit, les yeux dans le vague.

— Nous ignorions que Dimitri était allergique aux noix. Anna m'a expliqué plus tard qu'il avait subi un choc anaphylactique. Delia a voulu l'emmener à l'hôpital, mais sa voiture était au garage, alors elle a pris la mienne. Elle n'avait jamais conduit un véhicule aussi puissant, surtout sur une route enneigée.

Il dégagea la main que tenait toujours Amélie.

— Ils ont quitté la route dans un virage. Les autorités ont dit que tout avait dû aller très vite, que la mort avait été quasi instantanée.

— Oh ! Lambis ! Je suis tellement désolée... Ça a dû être...

— Ça aurait pu être évité, l'interrompit-il d'un ton tranchant. Je suis responsable de leur mort. J'ai persuadé Delia d'aller passer l'hiver dans cet endroit isolé, pour la seule raison que ma famille avait vécu dans la région autrefois. Je les ai abandonnés, au lieu de rester avec eux en laissant mes assistants régler le problème.

— Tu ne pouvais pas prévoir ce qui est arrivé. Tu n'es pas fautif, Lambis. Personne ne soupçonnait l'allergie de ton fils.

— J'aurais dû être là, répliqua-t-il en secouant la tête. Si je n'étais pas parti à Athènes, j'aurais emmené Dimitri à l'hôpital en hélicoptère, et cet accident n'aurait pas eu lieu.

— Tu ne peux pas continuer à ressasser ces regrets, Lambis. Tu finirais par devenir fou.

— Tu ne comprends donc pas qu'ils étaient sous ma responsabilité et que j'ai failli à mon devoir ? Comme je l'ai fait plus tard avec Irini ?

Son obstination effraya Amélie et la mit en colère.

— Tu n'es pas Dieu ! Tu n'es pas tout-puissant ! Tu n'es qu'un homme, Lambis.

Elle lui secoua le bras, jusqu'à ce qu'il tourne les yeux vers elle.

— Ceux qui t'ont aimé, ta femme, ton fils, seraient horrifiés de savoir que tu es hanté par la culpabilité alors que tu n'es pour rien dans ce qu'il leur est arrivé !

Voyant qu'il ne réagissait pas, elle le lâcha et recula.

— C'est plus facile de se complaire dans les regrets et de se lamenter sur son sort que d'affronter le présent et le futur, poursuivit-elle. Surtout quand il y a des gens qui ont besoin de toi *maintenant*. Tu crois que Delia serait heureuse de te voir te morfondre et t'accabler de reproches ?

Était-elle allée trop loin ? Peut-être, mais elle n'avait pas le choix. Elle devait faire quelque chose pour le secouer.

Voyant qu'il demeurait silencieux, Amélie se tourna et reprit le chemin de la villa en songeant à tout ce qu'elle venait d'apprendre.

À présent, elle comprenait mieux l'attitude de Lambis vis-à-vis d'elle et de Sébastien, mais elle avait par ailleurs acquis la certitude absolue qu'il ne pourrait jamais l'aimer.

— Amélie ?

Se retournant dans le grand lit, elle se redressa en s'appuyant sur un coude.

— Je ne pensais pas te trouver ici.

Il y avait eu de la surprise, dans la voix grave de Lambis, mais aussi de l'hésitation et… une note d'espoir. Amélie reprit courage. En fait, elle avait failli réintégrer la chambre d'amis, mais elle n'avait pu supporter l'idée de le quitter.

— Veux-tu que je m'en aille ?

— Non ! Je suis étonné, c'est tout. Tu avais l'air en colère, tout à l'heure.

— Je déteste te voir te torturer, Lambis. Tu as tant de choses à offrir.

Après avoir rassemblé tout son courage, elle poursuivit :

— J'espère qu'un jour tu trouveras quelqu'un qui t'aidera à le comprendre. Quelqu'un qui te donnera envie de prendre des risques.

Amélie était sincère, tout en sachant que ce quelqu'un ne serait pas elle.

— Je ne veux pas penser à l'avenir.

Sa haute silhouette se découpait dans la lumière diffusée par la lune. Il semblait si fier et si fort, immobile à côté du lit.

Elle repoussa le drap et lui tendit les bras.

— Concentrons-nous sur le présent, alors.

Allait-il la rejeter ? Se retourner et… Elle n'eut pas le temps de s'interroger davantage. Lambis la renversait déjà sur le matelas, lui embrassait les paupières, les lèvres, le cou, la gorge…

Aucuns préliminaires, cette fois-ci. Il remonta la chemise de nuit sur son buste avant de se débarrasser rapidement de ses propres vêtements, lui écarta les cuisses et la pénétra d'un vigoureux coup de reins.

Une émotion indicible envahit Amélie, si intense qu'elle battit des cils pour refouler ses larmes. Ce qu'ils partageaient était la seule réalité possible, pour lui comme pour elle. C'était *leur* réalité.

S'accrochant à ses robustes épaules, elle referma les jambes autour de ses hanches, puis toute pensée la déserta tandis qu'il prenait possession de sa bouche et l'embrassait avec fièvre.

Leurs cœurs battaient à l'unisson. Leurs corps ondulaient ensemble dans une danse éternelle, en harmonie parfaite.

La jouissance les emporta en même temps. Étroitement enlacés, ils poussèrent tous deux de longues plaintes qui semblèrent résonner dans toute la villa, avant de retomber sur le matelas épuisés, pantelants et heureux.

À moins qu'elle ne soit la seule à se sentir comblée, songea fugacement Amélie en fermant les yeux.

13.

Quand elle entendit le rire de Seb monter de la piscine, suivi de la voix enjouée de Lambis, Amélie tressaillit douloureusement alors que d'ordinaire elle aurait souri.

Elle se força à ne plus penser à celui dont elle était tombée éperdument amoureuse. Mieux valait se concentrer sur le problème colossal qui venait de surgir.

Se passant la main sur le front, elle tourna le regard vers l'écran de son ordinateur portable. Alex de Bengaria était à St. Galla, au palais, chez elle, s'apprêtant à participer aux cérémonies qu'elle avait demandé au Premier ministre d'annuler. Celui-ci avait opiné du chef et promis de faire le nécessaire.

Amélie ferma un bref instant les yeux en essayant de se souvenir de la date prévue initialement pour l'événement. N'était-ce pas cette semaine ? Elle cliqua sur un autre onglet et vit apparaître des photos.

Le monde sembla s'arrêter. Elle battit des cils, se croyant victime d'une illusion d'optique, mais c'était bien le roi Alex sortant d'un centre de recherches scientifiques situé à St. Galla... et à côté de lui, l'air un peu ailleurs, se tenait la princesse Amélie de St. Galla !

Elle se posa la main sur la poitrine dans l'espoir d'apaiser les palpitations erratiques de son cœur et cligna des yeux. C'était insensé ! Absurde ! Impossible ! Elle n'avait *jamais* rencontré Alex.

Par conséquent, il ne s'agissait pas d'une image ancienne, mais toute récente. Et Amélie avait un sosie.

Une femme lui ressemblant comme deux gouttes d'eau se faisait passer pour elle !

Car il ne s'agissait pas uniquement de maquillage et de perruque : cette femme aurait pu être son double. Elle *était* son double !

Le fait de se trouver face à une photo de soi-même et de savoir en même temps que ce n'était pas soi produisait un effet troublant.

Amélie repensa soudain aux rumeurs d'infidélité ayant couru à propos de son père. Dès qu'elle avait été en âge de comprendre ce genre de choses, elle s'était bien sûr rendu compte que le mariage de ses parents n'était pas harmonieux, mais sans aller jusqu'à accorder foi à ces rumeurs, les considérant comme de vulgaires ragots.

Tandis qu'à présent...

Se forçant à contrôler sa respiration, elle prit son téléphone et appela Enide.

Vingt minutes plus tard, elle avait la tête qui tournait, et n'arrivait toujours pas à croire ce que sa cousine avait fini par lui avouer, avec la plus grande réticence.

Loin d'annuler la visite du roi Alex, le Premier ministre l'avait au contraire maintenue, allant jusqu'à affirmer qu'Amélie avait déjà accepté de l'épouser !

Amélie serra les mâchoires, atterrée par ces odieux mensonges.

Eh bien, le Premier ministre allait voir à qui il avait affaire ! Il était hors de question qu'elle cède à ses répugnantes machinations.

En outre, il lui avait trouvé un sosie, une certaine Catherine, ou Cat, Dubois. D'après Enide, celle-ci n'était pas la créature intéressée qu'elle avait imaginée. En fait, le Premier ministre l'avait dupée elle aussi : il ne lui avait pas parlé de la visite du roi Alex, ni ne l'avait prévenue qu'elle devrait se faire passer pour Amélie et jouer le rôle de la fiancée.

Par ailleurs, Alex et elle devaient apparaître en public ce soir-là. La réception aurait lieu dans quelques heures !

Avec un peu de chance, Amélie arriverait à temps. Combien de temps fallait-il pour aller à St. Galla en hélicoptère, puis en avion ?

Lambis ayant disparu avec Seb, elle ne pouvait lui poser la question.

Incapable de chasser l'anxiété qui avait pris possession d'elle, Amélie repensa aux autres précisions données par Enide : Cat Dubois était sa demi-sœur. La mère de son sosie avait travaillé autrefois au palais comme femme de chambre, peu après le mariage des parents d'Amélie. Ce qui signifiait que son père avait trompé sa mère quasiment dès leur retour de lune de miel. Un goût de bile lui monta aux lèvres. La déloyauté lui avait toujours répugné, mais la trahison du roi dépassait l'abjection...

Décidément trop agitée pour rester inactive, elle bondit de sa chaise. En dépit de cet abominable gâchis, elle ressentait un mélange de joie et d'excitation. Elle avait une sœur ! La sœur dont elle avait tant rêvé enfant et n'avait jamais eue ! Après avoir perdu Michel, cette nouvelle inespérée lui mettait un peu de baume au cœur. Qui sait, Cat et elle se découvriraient peut-être des points communs, voire des affinités.

Son portable vibra sur la table basse. Sans doute était-ce Enide qui la rappelait comme promis.

Amélie se laissa choir dans un fauteuil et saisit l'appareil.

— Je suis vraiment désolée, Amélie..., entama aussitôt sa cousine.

— Ne vous en faites pas, Enide, la coupa-t-elle. Ce n'est pas votre faute. Catherine Dubois est avec vous ?

— Elle est ici... Je vous la passe. Et vous, tout va bien ?

— Absolument. Tout va bien de mon côté, Enide, concentrez-vous plutôt sur le Premier ministre. Il est encore plus dangereux que je ne le pensais.

— Oui, bien sûr... Mais faites attention à vous.

— Je vous le promets.

Amélie entendit sa cousine s'adresser à quelqu'un, puis un petit halètement lui parvint à l'oreille.

— Allô ! fit une voix teintée d'un léger accent américain.

— Miss Dubois ? C'est Amélie.

— Votre Altesse, répliqua Cat, manifestement mal à l'aise.

— Amélie, s'il vous plaît. Je peux vous appeler Cat.

Elle s'interrompit un instant, émue. Elle avait hâte de rencontrer sa demi-sœur, en chair et en os.

— Bien sûr.

— Je viens d'apprendre que vous me remplacerez lors de la réception de ce soir. Ça va aller, Cat ?

— Euh oui. Je… Je ne suis pas très douée pour jouer les princesses, mais je pense pouvoir me débrouiller.

Amélie sourit en dépit de son anxiété. Cat s'était retrouvée face à un défi de taille, mais elle semblait avoir une forte personnalité et se débrouiller très bien, en effet.

— Même en présence du roi Alex ?

Pas de réponse. Sa demi-sœur avait-elle une mauvaise nouvelle à lui annoncer ? Comme des fiançailles confirmées, ou des relations internationales perturbées ?

— Il connaît la vérité. Il l'a devinée peu après son arrivée à St. Galla.

— Et il est tout de même resté ? répliqua Amélie, interloquée.

Elle n'avait jamais entendu que des éloges sur son compte, mais pourquoi n'était-il pas reparti dès qu'il avait découvert la supercherie ?

— Il a préféré agir comme si de rien n'était pour éviter le scandale.

Cat s'interrompit brièvement.

— Autre chose… Il sait que vous n'êtes pour rien dans cette histoire, mais il ne veut pas se marier. Pas encore.

Amélie poussa un soupir de soulagement.

— Tant mieux ! Voilà un souci de moins…

— Vous êtes contente ? J'avais tellement peur que vous le preniez mal.

Amélie étouffa un petit rire amer à l'idée d'échapper à ce mariage arrangé. Dire qu'elle était contente était faible…

— C'est gentil de vous inquiéter pour moi, Cat. Il est vrai que les choses ne se sont pas passées tout à fait comme je l'espérais, mais je rentre à St. Galla, poursuivit-elle avec chaleur.

Il en était grand temps. Elle avait trop repoussé l'échéance, espérant toujours que sa liaison avec Lambis deviendrait davantage qu'une relation purement physique, en pauvre idiote sentimentale qu'elle était…

— J'aimerais beaucoup vous rencontrer, reprit-elle en redressant les épaules. Je ne connaissais pas votre existence jusqu'à ce qu'Enide me parle de vous.

— Moi aussi, je serais heureuse de vous rencontrer.

— Parfait. J'attends ce moment avec impatience. Et maintenant, concernant la réception de ce soir, je crains de ne pouvoir arriver à temps.

— Ça ira. Avec l'aide de lady Enide et d'Alex, je peux me débrouiller.

Alex… Cat l'avait appelé par son prénom, avec une inflexion presque…

— Alex ? répéta-t-elle, songeuse.

— Je veux dire le roi Alex. Il a été très… prévenant.
Après un léger silence, elle ajouta :

— J'espère que le prince Sébastien va bien.

— Il va bien, dit Amélie en souriant. Beaucoup mieux.

— Amélie ?

La voix grave de Lambis la fit tressaillir. Tournant la tête, elle le vit immobile sur le seuil, grand, magnifique…

— Désolée, on m'attend. Pour ce soir, vous êtes sûre que ça ira, Cat ?

— Sûre et certaine ! répéta sa demi-sœur d'un ton ferme.

— Merci. Ça me laisse un peu de temps pour essayer d'arranger les choses. À très bientôt.

Amélie reposa son portable avec calme. Lambis était-il conscient des émotions qui se bousculaient en elle ?

— Que se passe-t-il ? demanda-t-il d'une voix tendue. Il est arrivé quelque chose ?

Le cœur en lambeaux, mais un sourire serein aux lèvres, elle soutint le regard pénétrant de Lambis.

— Il est temps que nous rentrions à St. Galla, Seb et moi.

Rentrer à St. Galla ? Et elle le lui disait avec son fichu sourire poli et artificiel ? Lambis avait envie de l'effacer d'un baiser, jusqu'à ce qu'elle fonde dans ses bras. Il brûlait de la supplier de ne pas le quitter.

— Vous ne pouvez pas partir maintenant. Seb n'est pas encore complètement guéri.

Un tressaillement imperceptible passa sur ses lèvres pulpeuses.

— Cela prendra sans doute du temps, pour lui comme pour moi, dit-elle en soutenant son regard sans ciller.

À quoi faisait-elle allusion ? Lui reprochait-elle d'avoir profité de sa détresse et de son chagrin ?

Elle avait raison. Il avait perdu tout contrôle, de lui-même comme de la situation. Sa résistance avait fini par céder.

— Seb a retrouvé l'usage de la parole, c'est le plus important, poursuivit-elle. Il sera en mesure de prononcer les paroles rituelles lors de la cérémonie officielle.

Quand elle détourna les yeux, Lambis se sentit abandonné, à la dérive.

Qu'avait-il espéré ? Qu'elle parle du lien qui s'était développé entre eux ? Qu'elle dise que lui, Lambis, comptait pour elle ?

Il l'avait déjà perdue. Toutes les pensées d'Amélie étaient désormais concentrées sur St. Galla.

L'espace d'un instant absurde, il faillit lui prendre le menton pour la forcer à le regarder, à reconnaître qu'ils…

À reconnaître quoi ? Aucun avenir n'était possible pour eux.

Mais il avait beau en être certain, il souffrait atrocement.

— Que s'est-il passé ? demanda-t-il à nouveau.

— C'est long à expliquer.

— J'ai le temps, répliqua-t-il en croisant les bras.

Quand elle tourna les yeux vers lui, Lambis y lut une telle confusion qu'il frémit intérieurement.

— Amélie…

— C'est le chaos, l'interrompit-elle. Au lieu de reporter la visite du roi Alex de Bengaria comme je le lui avais réclamé, le Premier ministre l'a maintenue. Le roi Alex est à St. Galla et…

Elle secoua la tête.

— C'est trop compliqué.

— Je le connais. Nous avons travaillé pour lui à Bengaria.

Lambis se souvenait d'un homme intelligent, raffiné et ouvert, et très séduisant.

— C'est le souverain que tu comptes épouser ? demanda-t-il d'une voix dure.

Un tressaillement la parcourut.

— Oui. Mais tout est remis en question, à présent.

— C'est pour cela que tu es pressée de rentrer ? Pour arranger les choses avec lui ?

— Ne me regarde pas de cette façon ! protesta-t-elle en se levant de son fauteuil. Il y a des complications, et je dois être sur place pour essayer de trouver des solutions.

Une ombre noire fondit sur Lambis, lui étreignant la poitrine, lui obscurcissant la vision. C'était de la fureur, près d'exploser — Amélie lui préférait un monarque de sang noble comme elle, naturellement. Qu'avait-elle à faire d'un roturier venant en plus d'un milieu des plus modestes ? Il n'avait pas le droit de s'en indigner. Il lui avait répété maintes et maintes fois qu'il n'avait rien à lui offrir. Alors qu'Alex…

— Tu vas vraiment te donner à cet homme ?

Quand il l'imagina dans les bras d'un autre, dans son lit, Lambis sentit quelque chose se déchirer dans sa poitrine.

Amélie le regarda en plissant le front.

— Je t'ai dit que ce mariage était compromis, dit-elle en redressant le menton d'un air hautain.

Son attitude le pétrifia, et la rage qui bouillait en lui menaça de l'étouffer.

— Tu as besoin d'un homme qui *t'aime*, riposta-t-il, le cœur lui martelant les côtes. Qui soit prêt à se battre pour toi. Pas d'un individu qui t'épouse par intérêt diplomatique.

Lui-même ne serait jamais celui dont elle avait besoin, mais il ne pouvait supporter l'idée qu'elle se lie avec quelqu'un qui finirait par la négliger, voire la détruire.

— Eh bien, répliqua-t-elle, les yeux étincelants. Si jamais tu trouves cette perle rare, dis-le-moi. Cela m'évitera de la chercher.

Elle s'interrompit un bref instant avant d'ajouter d'un ton altier où perçait une pointe de condescendance :

— En attendant, serait-il possible d'utiliser ton hélicoptère ? Je désire rentrer à St. Galla demain. Je dédommagerai le pilote, naturellement, et…

— Non !

Lambis se força à contrôler sa respiration. S'il ne se reprenait pas, il risquait fort de commettre une erreur monumentale.

— Je vous emmènerai moi-même. Laisse-moi m'occuper de tout.

14.

Lambis regarda Amélie du coin de l'œil. Assise à l'extrémité de la banque arrière, elle était tendue, même lorsqu'elle se tourna vers son neveu et dit en souriant :

— Nous arriverons bientôt au palais, mon chéri. Tu vas retrouver tous tes jouets et ce soir tu dormiras dans ton lit.

Sébastien hocha la tête en serrant M. Bernard contre lui. Depuis qu'ils étaient descendus du jet privé, il n'avait pas prononcé un seul mot.

Durant le trajet en hélicoptère, il était resté silencieux aussi, mais une fois dans l'avion il avait un peu discuté avec sa tante et avec lui.

— Tu pourras peut-être me montrer le meilleur endroit où se baigner à St. Galla, dit Lambis sans réfléchir. Cela fait une éternité que je n'ai pas nagé !

Le petit garçon éclata de son rire clair.

— Lambis ! Tu as nagé hier ! Avec moi !

— Ah oui ! c'est vrai ! Quel imbécile je suis ! J'avais déjà oublié… Alors, tu m'emmèneras dans tes coins préférés ?

À vrai dire, il parlait davantage pour détendre Amélie que son neveu, lequel ne semblait pas affecté de rentrer au palais. Pour l'instant, du moins.

Quant à elle, il l'avait sentie crispée dès le départ. Appréhendait-elle de se retrouver face à ce salopard de Premier ministre ? Était-elle en colère contre lui, Lambis ?

La veille au soir, après le dîner, il avait organisé leur voyage dans les moindres détails, puis était allé marcher sur la plage. Pendant tout le repas, Amélie était restée distante et polie tandis qu'ils bavardaient de choses insignifiantes, comme des étrangers.

Il détestait la voir se retrancher ainsi et dresser une barrière invisible, mais bien réelle, entre eux.

Tout en errant sur le rivage, Lambis avait soudain pris conscience qu'il ne voulait pas qu'elle et Sébastien s'en aillent, qu'il se sentait maintenant incapable d'imaginer l'avenir sans eux.

La gorge serrée, il s'était arrêté, face à la mer. Depuis quand la solitude ne représentait-elle plus un havre de paix pour lui ? Son seul refuge ?

Depuis qu'Amélie et Sébastien lui avaient redonné goût à la vie.

Mais aussitôt, ses vieux démons avaient refait surface, lui rappelant qu'il avait failli aux êtres qui lui étaient chers.

Il ne pouvait pas répéter la même erreur. Il ne pouvait pas faire ça à Amélie, elle méritait mieux qu'un homme comme lui.

Par conséquent, elle lui était interdite, à jamais, avait-il admis une fois pour toutes. Aussi devait-il la laisser partir.

À St. Galla, il s'entretiendrait avec Alex et lui ferait bien comprendre que si jamais il délaissait son épouse, il aurait affaire à lui.

Le cœur atrocement lourd, il avait fini par faire demi-tour et regagner la villa, mais lorsque, se croyant seul, il s'était avancé dans la chambre plongée dans la pénombre, il s'était soudain rendu compte qu'Amélie était là, dans son lit.

L'entendant s'approcher, elle s'était redressée sur son séant. Le drap avait glissé dans le mouvement et découvrait ses seins nus. Ses longs cheveux ruisselaient sur ses épaules. Dans la semi-obscurité, Lambis ne pouvait distinguer son expression ni voir son regard, mais il avait perçu quelque chose de terriblement vulnérable en elle, comme si elle s'attendait qu'il la rejette.

La douleur lui étreignant la poitrine s'était alors muée

en un désir si puissant qu'il était resté cloué sur place. Il aspirait à sa tendresse autant qu'à son corps. À ses sourires, à ses…

Il avait repoussé les pensées qui affluaient dans son esprit comme les sensations qui s'insinuaient dans son cœur. Amélie allait rentrer à St. Galla, et tout s'arrangerait entre Alex et elle ; ils se marieraient…

Incapable de résister davantage au désir qui le consumait, Lambis s'était avancé vers le lit, s'était déshabillé à la hâte tandis qu'elle le regardait faire en silence.

Quelques instants plus tard, il caressait son corps superbe et doux avec ses mains, ses lèvres, mais aussi avec son cœur et son âme, de façon qu'ils gardent tous deux de merveilleux souvenirs qui resteraient gravés en eux longtemps après leur séparation.

L'aube les avait trouvés enlacés entre les draps, rassasiés et pleinement réveillés. Amélie lui avait alors parlé des sordides machinations du Premier ministre et de la présence à St. Galla d'un sosie qui était en fait sa demi-sœur.

Ce détail n'avait pas vraiment surpris Lambis, car comme il l'avait expliqué à Amélie — mais sans lui donner de précisions — c'était justement lui qui avait rencontré Cat Dubois quelques années plus tôt. Sidéré par la ressemblance entre les deux jeunes femmes, il avait signalé l'existence de Cat aux autorités de St. Galla, au cas où ils auraient besoin un jour d'un sosie pour la princesse Amélie. À ce moment-là, il ignorait bien sûr leur lien de parenté. Et s'il avait su que le Premier ministre s'en servirait de cette façon…

Ensuite, ils étaient restés silencieux, conscients de vivre leurs derniers instants d'intimité. Puis ils s'étaient écartés l'un de l'autre à regret. Lambis avait dû faire un effort surhumain pour ne pas la supplier de rester, mais il s'était levé en s'interdisant de céder aux émotions qui tourbillonnaient en lui.

Se forçant à revenir au présent, il réalisa que la limousine venait de franchir de hautes grilles et se dirigeait vers le palais se dressant majestueusement au bout de l'allée.

Quelques minutes plus tard, Enide les accueillait dans le hall immense pavé de marbre blanc et chuchotait quelques mots à l'oreille d'Amélie. Celle-ci acheva alors de subir la métamorphose commencée la veille.

Son visage avenant se changea alors en masque, dénué de toute expression. La femme chaleureuse et sensuelle redevenait la princesse sur les épaules de laquelle reposait un écrasant fardeau.

Une jeune femme élégante vint les rejoindre, sans doute une secrétaire, et s'adressa à Amélie qui hocha brièvement la tête. Il était question d'une réunion importante et imminente, comprit Lambis.

Se tournant vers Sébastien qu'il tenait par la main, il s'accroupit devant celui-ci et lui demanda quel était l'endroit du palais offrant la meilleure vue… Mais sans quitter Amélie du regard.

— Tu viens, Seb ? lança-t-elle en souriant.

Et en évitant son regard à lui, constata Lambis, la mort dans l'âme.

Il les vit s'éloigner, quelques autres personnes s'étant jointes au petit groupe, puis leva les yeux vers l'énorme lustre en cristal, contempla les tableaux de maîtres ornant les murs, les œuvres d'art disposées çà et là.

C'était l'univers d'Amélie, sa maison. Et pourtant, il savait au plus profond de lui-même qu'elle ne s'était jamais sentie aussi seule que maintenant.

— Attendez !

Sa voix résonna dans le vaste espace. Des visages surpris se retournèrent vers lui.

— Et si tu demandais plutôt à tante Enide de t'emmener dans ta chambre, Seb ? Je suis sûr que M. Bernard est pressé de vérifier que personne n'a dormi dans son lit. Ensuite, je te rejoindrai, et nous irons nager tous les deux, tu veux bien ?

Sébastien le regarda durant quelques instants, baissa la tête sur son ours en peluche, et sourit.

— D'accord ! Mais ne sois pas trop long.

Des murmures stupéfaits parcoururent l'assistance. Tous étaient surpris d'entendre la voix du jeune prince.

— Je désire te parler, dit Lambis à Amélie.

— Plus tard. Je dois…

— Je sais, la coupa-t-il en la fixant dans les yeux. Mais j'ai quelque chose à te dire d'abord.

Après l'avoir regardé d'un air confus et interrogateur, elle finit par hocher la tête, puis adressa quelques mots aux personnes qui l'entouraient. Enide prit alors Sébastien par la main et s'éloigna ; les autres disparurent dans un couloir.

— Viens, suis-moi, dit Amélie en se dirigeant vers une porte située au fond du hall.

Lambis referma bientôt celle-ci derrière lui et regarda Amélie s'arrêter devant l'une des hautes fenêtres du salon meublé avec goût. Dans ce tailleur vert d'eau, elle était d'une beauté racée et délicate à la fois, songea-t-il, le cœur serré.

Mais quand il s'avança vers elle, elle l'interrompit d'un geste de la main. Il avait beau savoir qu'elle se protégeait, qu'elle ne pouvait pas faire autrement si elle voulait faire face aux problèmes qui l'attendaient, il fulmina intérieurement.

— Épouse-moi.

Les mots avaient jailli d'eux-mêmes.

Elle le dévisagea en écarquillant les yeux, porta la main à sa gorge, referma les doigts sur son pendentif.

— Je suis sérieux, Amélie, reprit-il d'une voix rauque. Épouse-moi et laisse-moi t'aider.

Lentement, il se rapprocha d'elle en s'interdisant de la toucher.

— M'aider ? chuchota-t-elle, le visage livide.

Lambis fit un nouveau pas vers elle, respira les effluves de gardénia auxquels se mêlait son parfum de femme.

— Oui, murmura-t-il en fixant sa bouche. Pourquoi épouser un étranger puisque je suis là ? En devenant ton mari, je pourrai te…

Le mot « protéger » resta coincé dans sa gorge. Non, il ne pouvait lui mentir.

— Je pourrai t'aider, répéta-t-il. Et notre mariage te permettra de devenir régente et d'assurer l'avenir de Seb.

Amélie contempla les yeux gris de Lambis en silence. Elle s'était trompée, admit-elle, le cœur battant douloureusement. La souffrance lui labourait la poitrine, lancinante, insupportable.

Comment avait-elle pu croire un seul instant que Lambis allait lui dire qu'il l'aimait ? Ne comprendrait-elle donc jamais qu'il n'y avait aucun espoir ?

Elle déglutit avec peine. Il avait donné son cœur à sa femme, Delia. Pour toujours. Mais il était suffisamment honnête, loyal et chevaleresque pour l'épouser en s'engageant à… *l'aider*. Quelle ironie ! Il n'y avait qu'une petite lettre de différence, mais Lambis ne prononcerait jamais le mot qu'elle attendait.

Et pourtant, elle brûlait d'accepter, à tel point qu'elle devait se mordre la langue pour ne pas dire oui.

— Je te remercie, Lambis, dit-elle d'une voix sans timbre. Mais je dois refuser.

Rien ne transparut sur son beau visage viril. Il la regarda en silence durant un moment qui lui parut interminable, puis entrouvrit les lèvres, mais Amélie ne lui laissa pas le temps de parler.

— Ta proposition est très généreuse, et je t'en suis extrêmement reconnaissante, poursuivit-elle. Ton dévouement et ton respect me touchent profondément, et je ne doute pas un instant que tu te battrais pour Seb et moi, mais…

Elle s'arrêta pour reprendre son souffle, serra les mains devant elle pour les empêcher de trembler.

— Mais je désire davantage que du dévouement et

du respect. Je ne veux pas non plus que l'on se sacrifie pour moi. Je veux que l'on m'aime. Et puisque tu as aimé autrefois, tu dois me comprendre.

La souffrance était si intense qu'elle dut s'interrompre.

— Tu seras toujours le bienvenu à St. Galla, poursuivit-elle après s'être ressaisie. Seb t'aime beaucoup, tu le sais, et j'espère que tu ne l'oublieras jamais.

Lambis continuait de la dévisager en silence, les traits impénétrables. Peut-être souffrait-il lui aussi. Dans son orgueil.

— Maintenant, je dois vraiment te laisser. Le Premier ministre et le roi Alex m'attendent.

15.

— Merci du fond du cœur, Alex. Vous vous êtes montré incroyablement compréhensif.

Lorsque l'homme qui se tenait en face d'elle sur la terrasse secoua la tête en souriant, de minuscules rides auréolèrent ses yeux bleus, rehaussant encore son charme.

Si elle n'avait pas été follement éprise d'un homme qui ne l'aimerait jamais, Amélie aurait très bien pu tomber amoureuse d'Alex de Bengaria. Il possédait toutes les qualités qu'elle appréciait chez un homme… Mais il n'était pas Lambis.

— Vous n'y étiez pour rien, répliqua-t-il. Vous ignoriez tout des machinations du Premier ministre et de la comédie jouée par Cat.

Ils avaient passé l'après-midi ensemble à discuter de la situation et fait comprendre au Premier ministre qu'il n'avait plus aucun avenir à la tête de la nation. Ou bien il donnait sa démission, avait déclaré Amélie d'une voix ferme, ou bien sa duplicité était rendue publique. Il n'avait pas hésité, et son départ supprimait tous les obstacles se dressant devant elle. Désormais, plus rien ne l'empêcherait de devenir régente. Et comme Seb avait retrouvé l'usage de la parole, la cérémonie officielle ne serait qu'une formalité.

— Je me sens néanmoins responsable, reprit-elle. Vous allez vous en aller avec l'impression que nous sommes tous des menteurs et des traîtres, à St. Galla.

— Au contraire, répliqua en secouant la tête. Durant ce bref séjour, je me suis découvert un faible pour votre île et ses habitants.

— Et pour Cat, n'est-ce pas ?

Cela ne la regardait pas, mais Amélie avait appris que sa demi-sœur et Alex avaient passé beaucoup de temps ensemble. Ensuite, voyant l'inquiétude de celui-ci à l'annonce du départ subit de Cat pour New York, elle n'avait pu s'empêcher de s'interroger. Et puis, elle se souvenait du coup de fil échangé avec Cat.

— En effet, répondit-il en cessant de sourire. Mais elle ne pense pas comme moi. Elle a même quitté St. Galla sans me laisser la possibilité de m'entretenir avec elle. Et maintenant, elle refuse mes appels téléphoniques.

Amélie posa doucement la main sur la sienne.

— Eh bien, allez la rejoindre. Forcez-la à vous écouter.

Baissant la voix, elle ajouta :

— L'amour est trop important pour y renoncer.

Il la regarda en plissant les yeux.

— Vous parlez d'expérience, n'est-ce pas ?

— Oui, répondit-elle après un bref moment d'hésitation. Mais disons que mon expérience n'a pas été très concluante.

Alex ne commettrait pas d'indiscrétion, elle en était certaine.

— Vous n'avez aucun espoir que cela s'arrange ? demanda-t-il d'une voix douce en serrant sa main dans la sienne.

Amélie refoula la souffrance désormais familière qui lui étreignait le cœur.

— Non, hélas ! Il est amoureux d'une autre femme.

— Ah ! Je suis vraiment désolé.

À cet instant, elle vit deux silhouettes, l'une imposante et l'autre minuscule, se diriger vers eux, celles de Lambis et Seb, qui gambadait avec insouciance à côté de son parrain.

Alex lui lâcha la main et suivit son regard, puis se tourna vers elle et lui sourit gentiment.

— Si cela ne vous dérange pas, je vais vous laisser.

— Je vous en prie, répliqua-t-elle en se forçant à sourire. Bonne chance avec Cat. Je compte lui rendre bientôt visite à New York.

— Si tout se passe comme je l'espère, vous viendrez peut-être plutôt la voir à Bengaria.

— Je vous le souhaite, acquiesça-t-elle avec chaleur. Je vous raccompagne.

— Non, merci. Ne vous donnez pas cette peine.

Amélie resta silencieuse et le regarda disparaître à l'intérieur du palais. Alors qu'elle s'apprêtait à le suivre, elle entendit la voix d'Enide et se retourna. L'instant d'après, sa cousine s'éloignait avec Seb tandis que Lambis s'avançait vers elle à grands pas.

Le cœur d'Amélie se mit à battre la chamade, mais elle se força à maîtriser les émotions traîtresses qui s'emparaient d'elle.

Dans ce pantalon noir et cette chemise anthracite faisant ressortir la teinte de ses yeux, une mèche de cheveux rebelle lui tombant sur le front, Lambis était d'une beauté renversante.

Sans doute venait-il lui annoncer son départ. Plus rien ne le retenait à St. Galla, à présent.

Il s'arrêta devant elle — beaucoup trop près d'elle. Amélie se raidit, mais ne recula pas. Elle se montrerait polie, lui souhaiterait bon voyage, et tout serait terminé.

— Vous en êtes où, le roi Alex et toi ? demanda-t-il sèchement.

— Pardon ?

— Vous aviez l'air de bien vous entendre, répliqua-t-il d'un ton franchement accusateur. Je t'ai vue lui prendre la main.

Comment *osait*-il ? Il refusait de l'aimer, mais il lui en voulait de s'approcher d'un autre homme ?

— Je ne vois pas en quoi cela te regarde, riposta Amélie, furieuse.

Il fit un nouveau pas vers elle, la forçant à pencher la tête en arrière pour soutenir son regard.

— Et si moi, j'estime que cela me regarde ?

Une telle colère vibrait dans ses iris qu'Amélie ne put réprimer un frisson de pur ravissement. Avant de se rappeler qu'il réagissait ainsi par orgueil, et non par amour.

— Nous n'avons plus rien à nous dire, Lambis.

Il fit un signe négatif en la fixant avec intensité, et soudain quelque chose bascula entre eux, et elle comprit la nature de l'éclat étincelant maintenant dans les yeux de Lambis.

— Lambis ? murmura-t-elle.

Tremblant de tout son corps, elle tendit le bras, posa la main sur son torse musclé et chaud, sentit son cœur battre violemment sous sa paume…

— N'épouse pas cet homme, Amélie, dit-il d'une voix rauque. Il n'est pas celui qu'il te faut.

— Alex est…

Elle se tut.

— Il ne te rendra pas heureuse, poursuivit Lambis en la prenant par les épaules.

— Comment peux-tu le savoir ? chuchota-t-elle.

— J'en suis certain. Parce que tu m'appartiens, Amélie.

Incapable d'en supporter davantage, elle voulut reculer, mais il resserra les doigts sur elle.

— Lâche-moi, Lambis… Laisse-moi partir.

— Jamais.

Sans lui laisser le temps de réagir, il l'attira dans ses bras et l'embrassa. Avec fermeté et tendresse à la fois.

— Ne pleure pas, mon amour, murmura-t-il en écartant son visage du sien.

Avec une douceur exquise, il essuya sous ses pouces les larmes qu'Amélie ne pouvait plus retenir.

— Pardonne-moi de t'avoir fait souffrir, ma chérie, chuchota-t-il en lui caressant la joue.

Puis il la serra contre lui et la berça dans ses bras comme une enfant.

— Je n'étais qu'un idiot. Je n'ai compris que lorsqu'il était trop tard.

— Qu'as-tu compris ? murmura-t-elle, le visage blotti contre sa poitrine.

— Que je t'aimais.

Amélie redressa vivement la tête.

— Qu'est-ce que tu as dit ?

— Je t'aime, Amélie.

— Non, tu aimes ta femme, chuchota-t-elle.

— Delia et Dimitri occuperont toujours une place particulière dans mon cœur, répliqua-t-il avec calme. Mais je t'aime depuis longtemps ; dès le premier instant où je t'ai vue apparaître dans ce salon où je bavardais avec Irini. Et je t'aimais quand je t'ai rejetée. Ici même, à St. Galla.

Rêvait-elle ? Venait-il bien de dire qu'il l'aimait depuis leur première rencontre ?

— Mais, pourquoi m'avoir repoussée, alors ?

— Parce que j'étais un pauvre imbécile. Je t'aimais, mais j'ai préféré rester emmuré dans ma culpabilité et mes regrets.

Amélie contempla son visage aux traits sculptés, ses yeux brillant d'espoir.

Il l'aimait. Lambis…

— Moi aussi je t'aime, Lambis. Depuis si longtemps…

Il la serra contre lui à l'étouffer avant de prendre possession de sa bouche avec passion.

Ce baiser ne ressemblait à aucun autre. C'était une pure merveille, d'une tendresse infinie, éternelle.

Un long moment plus tard, Lambis écarta les lèvres des siennes et demanda avec un petit sourire en coin :

— Pourras-tu supporter d'épouser un roturier ?

— Je n'y vois aucun inconvénient, mon chéri. Au contraire — tu es la lumière de ma vie.

Leurs regards restèrent soudés, puis il murmura en plissant les yeux :

— Amélie Evangelos, ça sonne bien, tu ne trouves pas ?

— J'adore cette association ! répliqua Amélie en riant.

Épilogue

— N'aie pas peur, Lambis, je t'aiderai.

Lambis baissa les yeux sur son filleul qui le regardait, l'air sérieux, mais les yeux pétillant de malice.

— Tu peux compter sur moi, poursuivit-il. Je sais comment il faut se comporter dans ce genre de circonstances.

En effet. Une semaine plus tôt, il avait prononcé les mots rituels devant le Parlement. Et le même jour, Amélie avait été nommée régente.

— Merci, Votre Altesse. J'ai beaucoup de chance de vous avoir comme garçon d'honneur.

— Tu sais bien que tu ne dois m'appeler « Votre Altesse » qu'en public, protesta l'enfant en plissant le front.

Il glissa sa menotte dans la grande patte de Lambis.

— Je te tiens la main pour que tu n'aies pas peur, expliqua-t-il.

— Merci, Seb, répliqua Lambis, profondément ému.

Les trompettes sonnèrent, lui faisant battre le cœur. Il se retourna lentement.

Au premier rang de l'assistance, à côté du nouveau Premier ministre et d'autres dignitaires, il reconnut Cat Dubois, plus ravissante que jamais, et le roi Alex, en uniforme d'apparat. Sa future belle-sœur lui sourit et lui adressa un clin d'œil. Quant à Alex, il n'avait d'yeux que pour elle.

Lambis aperçut ensuite ses propres amis, installés derrière les officiels, lorsque les trompettes entonnèrent une musique plus jubilatoire.

Le cœur battant à un rythme sauvage, il regarda les deux silhouettes s'avancer dans l'allée centrale. Lady Enide, magnifique et radieuse comme Lambis ne l'avait encore jamais vue, avec Amélie à son bras.

Vêtue d'une robe longue traditionnelle digne d'une princesse de conte de fées, elle irradiait d'une beauté sublime, presque irréelle. Le bustier de dentelle ajusté faisait ressortir sa taille fine et ses seins haut perchés, la jupe s'ouvrait en corolle. Amélie n'avait pas voulu de voile, mais portait un diadème dont les diamants étincelaient au moindre mouvement.

Son regard croisa celui de Lambis, et la chaleur désormais habituelle se répandit en lui, mêlée de fierté. La merveilleuse princesse régente de St. Galla était à lui. Il lui sourit avec tout son amour et tressaillit de bonheur en la voyant sourire à son tour.

— Pas de regrets ? demanda-t-il quand elle s'arrêta devant lui.

— Aucun, murmura-t-elle.

Faisant fi du protocole, il se pencha pour lui chuchoter à l'oreille :

— Tant mieux, parce que je ne te laisserai jamais partir.

Après lui avoir effleuré la joue du bout des lèvres, il redressa la tête, ravi de voir ses iris verts scintiller avec plus d'éclat encore que ses diamants.

Puis il referma la main gauche sur celle d'Amélie, la droite tenant toujours celle de Sébastien, et tous trois levèrent les yeux vers l'archevêque qui attendait patiemment de prendre la parole pour ouvrir la cérémonie.

EN JUIN 2018, HARLEQUIN LANCE

MAGNETIC

UNE NOUVELLE COLLECTION SEXY
AUX ACCENTS URBAINS

Retrouvez en septembre 2018,
dans votre collection

Azur

Libre de succomber, de Lynne Graham - N°3993

MARIAGE ARRANGÉ

En quittant son couvent brésilien, Constancia entend goûter à la vie qui lui a été si longtemps refusée. Grisée par sa nouvelle liberté, elle ne tarde pas à succomber à la séduction de Maximiliano Leonelli, l'homme chargé par sa famille de la protéger contre les dangers d'un monde trop hostile. Dans ses bras, elle découvre l'allégresse, le plaisir, le bonheur ! Sans se douter, alors, que c'est en cédant à la passion qu'elle a pris le plus gros risque – celui de tomber amoureuse…

Une union sulfureuse, de Dani Collins - N°3994

Chargée des relations publiques des Sauveterre, Isidora a toujours eu à cœur l'intérêt de cette célèbre famille. Seulement, lorsque Ramon Sauveterre profite d'une conférence de presse pour la demander en mariage devant une assistance ébahie, elle se sent piégée. Car, loin d'être amoureux d'elle, le champion automobile ne cherche, à travers cette mascarade, qu'à détourner l'attention de la presse, avide de ragots concernant ses sœurs chéries. Une stratégie parfaite, à ceci près qu'Isidora est réellement attirée par Ramon…

Séduite par vengeance, de Cathy Williams - N°3995

Face au regard dur de Matias Rivero, Sophie frémit. Parce qu'elle a eu le malheur d'emboutir sa luxueuse voiture, la voilà endettée vis-à-vis de lui. Mortifiée, elle n'a d'autre choix que d'accepter de mettre ses compétences de restauratrice au service de l'impitoyable homme d'affaires, lors d'une soirée mondaine qu'il organise dans sa propriété anglaise. Une relation orageuse qui devient vite voluptueuse. Mais, tandis qu'elle succombe à la séduction de Matias, Sophie ignore encore que celui-ci ne cherche qu'à étancher sa soif de vengeance…

L'époux disparu, de Caitlin Crews - N°3996

Mariée et veuve la même journée, Susannah n'a jamais cru au décès brutal de son époux dans un tragique accident. Aussi a-t-elle cherché Leonidas durant quatre ans, tout en dirigeant son empire à sa place. Une période terrible pour elle, puisqu'elle a dû subir la cruauté de sa belle-famille. Alors, quand elle retrouve son mari, elle n'a qu'une envie : divorcer pour être libre, enfin. Mais c'est sans compter sur l'amnésie de Leonidas, qui lui demande de l'aider à redevenir l'homme qu'il était. Un homme impitoyable qu'elle n'a jusqu'ici pas eu le temps de connaître, mais qui a le pouvoir de la bouleverser…

Une lune de miel avec l'ennemi, de Melanie Milburne - N°3997

UNE NUIT AU BOUT DU MONDE

« Je te veux. » La voix sexy de Draco Papandreou glisse comme une caresse sur la peau d'Allegra. Pourtant, elle hait cet homme qui vient de lui mettre un marché odieux entre les mains. Si elle souhaite éviter à sa famille la ruine financière, elle doit épouser son pire ennemi, celui qu'elle abhorre depuis des années avec une violence égale au désir qu'il lui inspire. Pis, Draco exige qu'elle l'accompagne sur son île privée des Cyclades. Un paradis terrestre où, auprès de cet homme bien trop troublant, elle craint de succomber à la tentation…

Piégée au palazzo, de Sara Wood - N°3998

Miranda retient son souffle, tandis qu'elle découvre le palazzo dans lequel le comte Dante Severini, son époux, l'a fait venir. Surplombant les eaux azurées du lac de Côme, regorgeant de rhododendrons, d'azalées et de palmiers, le domaine est somptueux. Hélas ! il ne s'agira pour elle que d'une prison dorée. Après l'avoir cruellement rejetée, son mari exige qu'elle séjourne chez lui, malgré la haine qu'il lui voue. Une injonction à laquelle Miranda est obligée de se soumettre, pour rester auprès du bébé que Dante et elle ont conçu, du temps où elle le croyait épris d'elle…

La trahison d'un amant, de Julia James - N°3999

Jamais Carla n'a désiré un homme comme Cesare di Mondave. C'est donc tout naturellement qu'elle entame une liaison avec son sublime Italien. Elle a bien conscience, alors, de piétiner toute prudence. Son amant est un séducteur et leur relation ne manquera pas de déchaîner la rumeur. Mais comment résister à l'appel des sens ? Bientôt, hélas, Carla comprend que la situation lui a totalement échappé. Car elle a eu la folie de tomber amoureuse de Cesare, qui est sur le point d'en épouser une autre…

Un bébé de lui, de Michelle Smart - N°4000

SÉRIE : LIÉS MALGRÉ EUX - 2E VOLET

Il y a sept ans, dans un couloir sombre du *castello*, Natasha a reçu le plus intense des baisers. Un baiser de Matteo Manaserro, dont elle a épousé le meilleur ami, juste après. Jamais elle n'a oublié cette étreinte fugace, passionnée - interdite. Malgré le mépris que Matteo lui a témoigné depuis, elle est restée vulnérable en sa présence. Au point qu'ils ont fait l'amour sitôt qu'elle s'est trouvée libre de tout engagement. Et qu'elle est aujourd'hui enceinte de cet homme qui la hait encore...

Amoureuse d'Alejandro, de Jennifer Hayward - N°4001

SÉRIE : MILLIARDAIRES INCOGNITO - 3E VOLET

Cecily est sous le choc. L'homme qui lui a fait goûter le bonheur le temps d'une nuit sublime est un imposteur. Loin d'être un simple garçon d'écurie comme il l'a prétendu, son amant est en réalité milliardaire. Pis, Alejandro Salazar est l'héritier de la famille rivale de la sienne. Et, s'il a séjourné chez elle à Esmeralda, ce haras qui est toute sa vie, c'est uniquement par esprit de vengeance. Alors qu'il se servait d'elle pour parvenir à ses fins, Cecily tombait amoureuse. Et la situation est d'autant plus terrible aujourd'hui qu'elle attend un enfant d'Alejandro...

Rapprochement dangereux, de Michelle Conder - N°4002

COUP DE FOUDRE AU BUREAU

Stagiaire chez Castiglione Europa, Poppy ne s'attendait pas à rencontrer le grand patron en personne. Mais sa surprise augmente encore lorsque Sebastiano Castiglione lui demande de l'accompagner quelques jours sur la côte amalfitaine, pour jouer auprès de sa famille le rôle de sa fiancée. Une comédie qui permettra à l'homme d'affaires de rassurer les siens sur sa stabilité, mais qui pourrait bien mettre Poppy dans l'embarras. Surtout si elle laisse paraître sa timidité et son trouble, face à cet homme plein d'assurance...

Le défi de Matteo Santina, de Sarah Morgan - N°4003

SÉRIE : *LA COURONNE DE SANTINA* - 5E VOLET

Izzy Jackson... ce seul nom suffit à mettre le prince Matteo hors de lui. Car, il en est sûr, cette femme à la réputation scandaleuse et aux tenues sulfureuses ne peut représenter qu'une menace pour le bon déroulement des fiançailles qui doivent symboliser l'union de leurs deux familles. Et, parce qu'il est hors de question qu'il la laisse gâcher la dernière chance qu'ont les Santina de se réconcilier avec leur peuple, il doit absolument la tenir à distance le temps des festivités. Même si cela implique de la retenir dans son propre palais et de supporter au quotidien la présence de cette femme incroyablement sexy dont le simple contact suffit à l'électriser...

Vous êtes fan de la collection Azur ?
Pour prolonger le plaisir, recevez gratuitement

◆ 2 livres Azur gratuits ◆
et 2 cadeaux surprise !

Une fois votre colis de bienvenue reçu, si vous souhaitez continuer à recevoir no romans Azur, cela se fera automatiquement. Vous recevrez alors chaque mois romans inédits de cette collection au tarif unitaire de 4,40€ (Frais de port France 1,79€ - Frais de port Belgique : 3,79€).

➡ ET AUSSI DES AVANTAGES EXCLUSIFS :

➡ LES BONNES RAISONS DE S'ABONNER :

Des cadeaux tout au long de l'année.
◆
Des réductions sur vos romans par le biais de nombreuses promotions.
◆
Des romans exclusivement réédités notamment des sagas à succès.
◆
L'abonnement systématique et gratuit à notre magazine d'actu ROMANCE.
◆
Des points fidélité échangeables contre des livres ou des cadeaux.

Aucun engagement de durée ni de minimum d'achat.
◆
Aucune adhésion à un club.
◆
Vos romans en avant-première.
◆
La livraison à domicile.

➡ REJOIGNEZ-NOUS VITE EN COMPLÉTANT ET EN NOUS RENVOYANT LE BULLETIN

N° d'abonnée (si vous en avez un) ⌴⌴⌴⌴⌴⌴⌴⌴⌴⌴

Z8ZEA6
Z8ZE6B

Mme ☐ Mlle ☐ Nom : .... Prénom : ....

Adresse : ....

CP : ⌴⌴⌴⌴⌴ Ville : ....

Pays : .... Téléphone : ⌴⌴⌴⌴⌴⌴⌴⌴⌴⌴

E-mail : ....

Date de naissance : ⌴⌴ ⌴⌴ ⌴⌴⌴⌴

☐ Oui, je souhaite être tenue informée par e-mail de l'actualité d'Harlequin.
☐ Oui, je souhaite bénéficier par e-mail des offres promotionnelles des partenaires d'Harlequin.

Renvoyez cette page à : Service Lectrices Harlequin – CS 20008 – 59718 Lille Cedex 9 - Franc

OFFRE DÉCOUVERTE !

Vous souhaitez découvrir nos collections ? Recevez **votre 1er colis gratuit*** av 2 cadeaux surprise ! Une fois votre colis de bienvenue reçu, si vous souhait continuer à recevoir nos livres, cela se fera automatiquement. Vous recevrez alo vos livres inédits** en avant première.

Vous n'avez aucune obligation d'achat et cette offre est sans engagement de duré

*1 livre offert + 2 cadeaux / 2 livres offerts pour la collection Azur + 2 cadeaux.
**Les livres Ispahan, Sagas, Hors-Série et Allegria sont des rééditées.

☞ **COCHEZ** la collection choisie et renvoyez cette page au
Service Lectrices Harlequin – CS 20008 – 59718 Lille Cedex 9 – France

Collections	Références	Prix colis France* / Belgique*
❏ **AZUR**	Z8ZFA6/Z8ZF6B	6 livres par mois 28,19€ / 30,19€
❏ **BLANCHE**	B8ZFA3/B8ZF3B	3 livres par mois 23,20€ / 25,20€
❏ **LES HISTORIQUES**	H8ZFA2/H8ZF2B	2 livres par mois 16,29€ / 18,29€
❏ **ISPAHAN**	Y8ZFA3/Y8ZF3B	3 livres tous les deux mois 23,02€ / 25,02
❏ **HORS-SÉRIE**	C8ZFA4/C8ZF4B	4 livres tous les deux mois 31,65€ / 33,6
❏ **PASSIONS**	R8ZFA3/R8ZF3B	3 livres par mois 24,49€ / 26,49€
❏ **SAGAS**	N8ZFA4/N8ZF4B	4 livres tous les deux mois 33,69€ / 35,6
❏ **BLACK ROSE**	I8ZFA3/I8ZF3B	3 livres par mois 24,49€ / 26,49€
❏ **VICTORIA**	V8ZFA3/V8ZF3B	3 livres tous les deux mois 25,69€ / 27,6
❏ **ALLEGRIA**	A8ZFA2/A8ZF2B	2 livres tous les mois 16,37€ / 18,37€

N° d'abonnée Harlequin (si vous en avez un) ⎵⎵⎵⎵⎵⎵⎵⎵⎵⎵⎵⎵

Mme ❏ Mlle ❏   Nom : _____

Prénom : _____   Adresse : _____

Code Postal : ⎵⎵⎵⎵⎵   Ville : _____

Pays : _____   Tél. : ⎵⎵⎵⎵⎵⎵⎵⎵⎵⎵

E-mail : _____

Date de naissance : _____

❏ Oui, je souhaite recevoir par e-mail les offres promotionnelles des éditions Harlequin.
❏ Oui, je souhaite recevoir par e-mail les offres promotionnelles des partenaires des éditions Harlequin.

Date limite : 31 décembre 2018. Vous recevrez votre colis environ 20 jours après réception de ce bon. Offre soumise à acceptation et réservée aux personnes majeures, résidant en France métropolitaine et Belgique, dans la limite des stocks disponibles. Prix susceptibles de modification en cours d'année. Conformément à la loi Informatique et libertés du 6 janvier 1978, vous disposez d'un droit d'accès et de rectification aux données personnelles vous concernant. Par notre intermédiaire, vous pouvez être amenée à recevoir des propositions d'autres entreprises. Si vous ne le souhaitez pas, il vous suffit de nous écrire en nous indiquant vos nom, prénom et adresse à : Service Lectrices Harlequin CS 20008 59718 LILLE Cedex 9. Service Lectrices disponible du lundi au vendredi de 8h à 17h : 01 45 82 47 47 ou 33 1 45 82 47 47 pour la Belgique.

Harlequin® est une marque déposée du groupe HarperCollins France – 83/85, Bd Vincent Auriol – 75646 Paris cedex 13. SA au capital de 1 120 000€ – R.C. Paris. Siret:3186715910006 9/APES811Z.

Composé et édité par HarperCollins France.

Achevé d'imprimer en juillet 2018.

Barcelone

Dépôt légal : août 2018.

Pour limiter l'empreinte environnementale de ses livres,
HarperCollins France s'engage à n'utiliser que du papier
fabriqué à partir de bois provenant de forêts gérées durablement
et de manière responsable.

Imprimé en Espagne.